ハヤカワ文庫 JA
〈JA1132〉

富士学校まめたん研究分室

芝村裕吏

早 川 書 房
7256

目次

富士学校まめたん研究分室

この道に進んだ理由はそんなに立派なものではなかった。

理由を挙げていけばまず父が自衛官だったたし、私は生物学上の女性だったが、女性の輪に入るのが苦手だった。少し苦手とか、そういうレベルではなく、苦手だった。小さい頃から女性が何を言っているのかさっぱり分からなかった。小学校三年になって女の子が集まって会話しているのを聞き取り、ノートに書き出して全ての用語を辞書を引いて調べ、あるいは検索してもなお分からなかった。

「ぎゃー。すごいねー」

「そういえばこの間きいたんだけど」

「それいくらだったの？」

何度書き出した文章を見ても会話が成立していない。相手の話を聞いておらず、相手の話を受けて展開することもなく、実のところ集団の中にあって自分のことしか話していない。問いただしてみると、なんとなく、と曖昧《あいまい》極まりない返答を返された。私は彼女達と会話できるとは思えなかった。教科書に書いてあることの方が、まだ理解しやすかった。とはいえ男性の輪に入れるかといえば、そんなことはなかった。男の子は幼い私から見てなお幼く見えた。

異星人のような女子と子供のような男子に囲まれた幼少生活は苦痛に満ちている。私はクラスから浮いていた。浮いた結果つまはじきになり、孤立した。

しかたなく教科書と本を友達にして過ごした。勢い成績は、どんどん良くなった。

長じて中学生になっても、何も変わらなかった。私はいつも一人だった。毎日現実逃避してはノートに考えたことを書くのが常だった。

現実逃避をすることは、霧の中を歩くのに似ている。誰かに見とがめられることもなく、ゴールがどこか分からないまま延々歩く点で、二つはよく似ていた。

私は女性の会話《ガールズトーク》のような、曖昧なものが嫌いだった。三〇になった今だって好きからはほど遠い。理解出来ないから嫌いだった。

一方で、自分で組み立てたり操ったり会話として成立させられるものは大好きだった。具体的には先生と会話するのは好き、数学も好きで、後に工学が好きになった。工学オタクというわけだ。数式の美しさより、機械的な動作確実性の方が好ましかったのだろう。

気付けば立派な理数系女子だった。

大学ではロボットの研究室に入った。機械工学の中では最先端だろうというイメージだけで入った。ロボット自身には深い興味はなかった。

研究室ではロボットの制御プログラミングを専攻することになった。世の女性と会話するよりはプログラム言語の方が簡単そうに見えたというのが、専攻の動機だった。

当時のロボット工学は混沌としていた。最先端なだけに、これという正解が分からないのだから各教授がめいめい勝手にこれがいいと思う方針を打ち立て、邁進《まいしん》しているような状況だった。

この正解の分からない混沌が、私は好きだった。霧の中を歩いているような気がしたからだ。現実逃避と研究は似ている。

曖昧は嫌い。混沌は好き。二つを分けるのはなんだろう。

考えた結果、理解出来ないものが嫌いだったのではなく、自分を嫌っていたものが嫌いだったのだと得心した。自分で思っていたよりずっと、低俗な理由だった。

低俗な自分から現実逃避しようと私は研究に没頭した。見る間に没頭した。研究室の机の下、床の上に寝て家に帰らない日が月に一〇日ほどあるくらいに没頭した。親は私が誰かと同棲していると思ったらしいが、それは過大評価だと思う。

現に処女のまま二〇歳を突破した。

大学では性的少数派ゆえにもてたのだが、希少価値があるからといって私がその気になったかといえばそんなことはない。私は大学の研究室の床におもちゃやゲーム、マンガ、時々エロマンガを散乱させて寝ている同年代の男から告白されても嬉しくなかった。誰かと付き合う前にそれなりの準備をした方がいいのではないかと思ったが、それを口にするのも面倒だった。

二一歳で再び進路の選択が来た。私は普通の会社に入れる気がしなかった。正直に言えば面接を無事に終わらせる自信がなかった。それで、面接がないか、あっても最小限のコースを選んだ。選択できる進路は針の先ほど狭く、結果として別の大学の大学院の研究室へ進んだ。大学とあまり変わらないところだった。同じく研究に打ち込んだ。あっという間の二年だった。

二三歳でまたも進路の選択へ。二年の間に選択肢はさらになくなっていて、社会人デビューするか、博士号を目指して研究室へ残るかしかなかった。どっちも面接を避けられそうになかった。

もう駄目だと難儀していたら救いの手があった。救い主は官公庁の学閥だった。優秀な後輩を確保し、自らの立場と自らの所属する官公庁と、あと学閥を大きくしようと野心に燃える先輩がやってきては飲み会をするなか、是非、と声を掛けてくれた官庁があったのである。非公式だったからかもしれないが、気前よく面接なんてどうだっていいよと言ってくれたのは、その官庁にいた先輩だけだった。

その官庁の名を、防衛省という。具体的にはその下にある技術研究本部というところだった。

略して技本。統制上は自衛隊の下ではなく、独立した兄弟のような形になっている。他に選択肢はあったろうか。私にはないように思われた。ロボット研究者ですがいいですかと尋ねたところ、もうなんだっていいですよ、歓迎しますという回答にはひっかかるものを感じたが、同時に面接が楽という情報が現実味を帯びた気がした。

願書を出した帰り、久しぶりに実家に帰った。一人暮らしをはじめてもいないのに久しぶりの実家というのはどうなんだろうと思ったが、厳然たる事実だった。これからはロボット以外のものにも目を向けないといけないかもしれない。

一人娘が帰ってきて父母は喜んだ。そんなに喜ぶくらいなら他に姉妹をつくればよかったのにと思う。

久しぶりの家族三人揃《そろ》っての夕食。思い出したように父に就職の話をすると、父は自分の跡を継がなくてもいいんだぞと言った。お父さん普通科で自衛官でしょ。私は技術職で技官と、口にしなかったのは父が思ったより本気でそう言っていたことに気付いたからだ。

私は黙ってトンカツを食べた。中学生の頃一度好きだと言ったばかりに、帰るたびにでてくる献立だった。

こうして生まれる世襲もあるのねと、私は思った。厳密には組織も立場も違うのだが、まあ防衛産業に就いたという点で世襲はさほど間違いでもないだろう。父が嬉しそうだったのが、どこか老いを感じさせて寂しかった。思えば若い頃の父ならば、一喝して他の進路に行けと言っていたろう。

他に選択肢がないという選び方ではなく、もっと積極的に受けてやればよかったと思った。面接もほとんどないんだし。

しんみりしながら国家公務員採用総合職試験を受け、さほど苦労もせずに合格して官庁訪問を行う。市ヶ谷の防衛省で手続きした後、地図を手に訪問会場へ向かった。誰かの後ろについていけばいいと思っていたが、実は訪問の段階から総合職と研究職では場所が分かれていて、この案は否決された。地図が読めない女とかいう本が昔流行したらしいが、タイトルしか知らないものの、あれはそんなに外れていないと思う。私は迷って、恥ずかしい思いをした。

クールビズなのでノーネクタイで構いませんという話だったが、誰もそんなことを真に受けていなかった。私もぬかりはなかった。もっとも、私の場合は服装について考える時間を惜しんで暑苦しさを取っただけなのだが。

面接のようだが、そうではない歓談のようなものを受けた。声が小さいと言われて思考停止したが、しかしそれ以上は言われることもなく不意に父の話になった。個人情報はどういう扱いになっているんだろうと思ったが、今回ばかりはありがたかった。私はただ頷《うなず》くばかりでよかったからだ。

それで、就職出来た。この道を進み始めたのだ。

この道とは自衛隊が装備するであろう陸上装備の研究である。就職した時二四歳。直後にアメリカの大学に二年間、国費で留学することになった。私はこれを喜んだ。英語に自信はなかったが、ガールズトークよりは得意だったし、研究はもっと得意だった。

アメリカで初めて仲のいい男の子が出来た。同じ国費留学生だった。たまに挨拶したり喋ったりする程度だったが、それでもこれまでと比較すれば長足の進歩だった。

楽しい時間は一瞬だ。二年の留学の後帰国してから、私は二年後輩の皆と一緒に資料翻訳だの雑用だのをやりはじめた。自分の配属はどこだろうと期待に胸が膨らんだ。

まさか資料作成と雑用が丸三年、三〇歳まで続くとは、その当時は思っていなかった。

第一章　開発前の経緯

後ろの駐車場にさえ目を向けなければ、牧歌的な風景が広がっている。広大な敷地のどこからでも富士山が見える。天気は快晴。空の青も深い。

その下、地上を見ればある程度は手入れされた芝生の横、何度踏まれたか分からない体育グラウンドのトラックの上を作業服の人が列をなして走っている。意味がある作業、という訳でもない。

現代では歩兵が列を作って走るのは自殺行為、一人の人間が五・五六㎜機関銃ミニミを撃てば多数が倒れてしまう。だからこれは、訓練のための訓練だろう。

自衛隊というものは、訓練する組織である。訓練はたいてい競技とセットになっていて、だから自衛隊は競技に勝つために訓練する組織になっている側面が少なからずある。

目の前で繰り広げられているそれも、おそらくは近く開催が予定される武装持続走競技会のための訓練だろう。となれば走るのは歩兵と書いて普通科か。言葉遊びの範疇《はんちゅう》ではあるが、陸上自衛隊では今も歩兵を普通科と呼ぶ。

走る人間は今は楽そう。これが装備を全部担いでとなると、すぐに汗が噴き出してくる。私もちょっとだけやったことがある。死ぬかと思った。

来年にも退官することになる父も昔は走っていたんだろうか、それとも、陸将補になった今も走らないといけないのだろうか。そんなことを考えた。考えるうちに、人の走る動作からロボットのことに意識が行き、最終的には戦車のことを考えていた。現実逃避だった。


富士山を見て、ため息一つ憂鬱な気分。これだけ憂鬱なのは面接の前日くらい。いや、もう一つあった。技本が潰《つぶ》れるというニュースを見た日だ。あれも憂鬱だった。

技本が潰れた日のことはよく覚えている。私は二四歳だった。世間はバレンタインに盛り上がっていた。大規模なスキャンダルが発覚し、万年野党の党首が鬼の首を取ったように連日大きくテレビに出ていて、私はそれがバレンタインと同じくらい嫌いだった。入省する前から防衛省に忠誠心があったというよりも、生理的にその顔が嫌だった。あれが世間ではイケメンとかいわれているのだから、女という生物は不思議だ。私と同族だなんて信じられない。イライラして発作的にTVのチャンネルを変えていたが、娘の代わりにニュースを見ていた母がひっくり返った。政府は技術研究本部を解体することを決定し、自衛隊が今後その任務を引き継ぐことになっていた。

就職を前に職場がなくなる。私は青くなった。別のところを受けに面接をしないといけないかもしれない。考えるだに恐ろしかった。実際には研修や留学という形で組織改編が完了するまで、待つことになっただけなのだが。

なぜ技術研究本部は解体の憂《う》き目にあったんだろう。当時は思いもしなかったことを、今は考えることができる。直接のきっかけはスキャンダルだ。研究職にあった職員が、性能要求に関する情報を入札参加予定の会社に漏洩《ろうえい》していたのだった。

確かに入札の公平性からいって情報を事前に教えるのはスキャンダルだ。とはいえ、教えた方も金品が欲しくてやった訳ではないことが、今なら分かる。あれはそう、組織ぐるみだろう。癒着というが軍隊の装備開発にはお金がかかる。予算は限られているし、参加企業のリスクは高い。競争入札となったら競争のために自社開発予算がさらにかかる。予算に限りある技本はこれらをカバーできない。リスクが高くなれば企業は参加を控えるだろう。兵器は今も昔も儲《もう》からないのだ。昔紡績、今車。利益率的に兵器は割に合わない。

公正な入札競争でさらに割に合わなくなったらどうなるか。参加を控える企業は貴重な防衛産業のノウハウを持った人員の整理を行うかもしれない。それらの人員が韓国や中国に流れたら目も当てられない。技術力が不足する会社やセキュリティに問題がある会社が受注する可能性だってある。現に韓国では背伸びしすぎた会社が戦車の部品を受注したが、しくじり、大変なことになったことがある。

結局、高度な技術集約が行われている割に量産数がそう多くもない現代の防衛産業は、入札競争とは相容れない。それでおそらくは、防衛省は骨抜きに掛かった。そのあたりが事実だろう。実際には長年そうやってきたはず。原理原則はなるほどその通り、だがそれだけで国が守れると思っているのなら大間違い。自衛隊そのものがそんな存在だ。

私は頭をかいた。女らしくないと言う人間はこの時代にはもういないが、頭をかくのが女性らしくないことは本人が一番よく分かっている。

あの野党の党首は一度政権を取ったこともあったはず。事情を知らないということもないだろう。それを分かった上で政争として仕掛けていたのなら、とんだ火遊びで売国奴だ。自衛隊が武装集団であることを忘れて悪しざまに言っていい気になっている連中とあまり変わらない。

重大な事実。我々は武器を持っている。我々は引き金が引けないのではない。引かないだけだ。

そんなことを思ってまた長い息をついた。こんなことをナチュラルに思うあたり、私も立派な防衛産業の一員だろう。

「ため息をついていると、幸運が逃げていくよ」

自然と嫌な顔になる。声の主に覚えがあった。今、世界で一番会いたくない同僚。

「そんなに嫌な顔しないでも」

苦笑しながら、それでいて隣には座ろうとしない。私は彼が嫌いだった。嫌いだと思い込もうとしていた。なんで今更という思いもある。彼は私が留学時代、はじめて仲が良くなった男の子だった。

彼はスマートな人物だった。知性があってさりげない、だからスマート。歳は私と同じくらい、印象は薄いが整った顔立ちで、いつも口に微笑みを、気遣いだって忘れない。にもかかわらず、彼は私に対して重大なことをしでかした。帰国後私に一度も連絡を送らなかったのだ。私は結構メールを送ったというのに。だから嫌い。大嫌い。

客観的に言えば、私が思うほどには親しくなかったとか、手も握ってなかったとか、そういうのはある。三〇処女のひがみだろうとも思いもする。だからといって感情という曖昧なものは、そう簡単に割り切れない。ああそうだ、自分に曖昧な部分があると思わせるから、彼は嫌いだ。新しい嫌いな理由が出来た。忘れないうちにノートにメモしておかなきゃ。

「嫌いな理由を数え上げて新たな一つを見つけたような暗い笑顔をしている」

「心の中を読むのはやめてください」

私は我慢出来ずに言った。睨《にら》んだ。眼鏡がずれたので指で押した。彼は実ににこやかに笑っている。どれくらい彼が嫌いかと言えば、普通に喋れるくらい嫌いだ。変数が最低値より下になって最大値になるようなバグによく似ている。一周回って彼となら私は、普通に喋ることができた。

彼は、首を傾けている。切りそろえてはいないと思うのだが形のいい眉、印象の薄い顔立ち。美形と言えなくもないけれど、均整が取れすぎていて何の印象にも残らない。次の瞬間には顔を忘れてしまいそうな人物。

顔の印象のなさをスマートさでカバーしている。私はそう考えた。彼は不思議そう。

「なぜ不思議そうなんですか」

「いや。なんというか」

彼としては珍しく、言いよどんでいる。

「曖昧なことは嫌いです。はっきりしてください」

そう言うと彼は目線を左上にやった。

「昔なじみと軽妙な会話をしているつもりだが、違和感がある」

「悪かったですね、違和感の塊で」

「いや、いや」

彼はそう言って目線を右下にやった。考えている。

「そうだな。分かった。眼鏡で痩せっぽ、長くて黒い髪が綺麗な君は軽妙な会話をするようなタイプじゃない」

「そんなことを意識して喋ったこともありません」

「そう。にもかかわらず、心の中を読むのはやめてくださいなんて気の利いた冗談を聞いたものだから、違和感を感じたんだ」

「本気でしたけど」

彼は遠くを見た。

「僕は嫌われてるな」

「何を今さら」

私は立ち上がった。

「いいんですか、私に話しかけて」

つい、我慢出来ずそう言った。彼はにこやかに笑ったままだ。

「いいんですよ。話しかけても。何せ注意しにきたんだからね」

「どんな注意ですか。死ねとか、結婚しろとか？」

「前者は悪口だ。後者は個人の自由だ。だいたい死ねってなんだ、死ねって」

「冷静に返さないでください」

「あんまり冷静じゃないな。少し心配している」

彼はスマートにそう言った。知性があってさりげない。普通は美徳だが、ある条件では腹が立つ。具体的には相手が嫌いなとき。

「……なんの注意ですか」

視線で人を殺せたらと思いながら私は彼を見た。

「大変申し訳ないが、仕事しろ。だ」

「意外に普通ですね」

勝ち誇って言ったが、本当に勝ったかは自信がない。彼は涼しげにしている。

「そう、普通なんだ。いつだってね」

「何が普通なんだか。私に仕事なんかありませんよ。閑職だし」

「なければ仕事を探せばいいのさ。そうすれば、その姿は自衛隊そのものだ。模範的な自衛官といってもいい」

「私は技官です。それと私は不祥事を隠したり、部下に詰め腹を切らせたりしません」

「さらに模範的じゃないか」

私は睨んだ。駄目だ。こんな奴を相手にしていたら目つきが悪くなる。

立ち上がり、オフィスに戻る。気分は怪獣のような足音で。別室かつ自分一人しかいない席につき、腕を組む。ほら、仕事なんて何もない。これが現実。

私は机に突っ伏した。仕事を探すってなんだろう。書類を右から左に動かして、その後で左から右に戻すような作業のことだろうか。

せめてPCは使いたいなあと思った。ノートパソコンでもいい。

実際、ほとんど意味のない書類を右から左に運びながら考える。それとも、彼はスマートにも私に転職を勧めているのだろうか。さもありなん。でも、辞めてやらない。辞めれば思うつぼだと思うから。

石にかじりついてでもクビを言い渡されるまで居座る。それがとりあえずの私の復讐だった。もっと凄い復讐は、これから考えるつもり。

ああそうか、復讐を考えるという手があった。私は再び机に突っ伏して考えた。

嫌いな奴にも利用法はある。萎《な》えた心を燃え立たせるための。ゆっくり立ち上がり、髪を払い、眼鏡を指で押す。

工学系とはいえ一応日本最高の権威ある大学院を出たんだし、ここは一つ頭を使おう。そう、給料貰って復讐の計画を練る。これもまた復讐の一環だ。私だったらそんなことされたら凄く嫌だ。ざまあみろ、参ったか。

考えを弄《もてあそ》び、定時に帰る。海外では将校と呼ばれる幹部自衛官と技官は、宿舎を与えられずに営外に出されて日参することになっている。

普通、それは喜ばしいことだ。プライベートが守られるから。ところがここは静岡県の片田舎。空気はいいが近くに借りられる家も少なく、結果、通勤時間は大変なことになっている。毎日がつらい。しかも、電車もない。それでいて飲酒運転の取り締まりも厳しい。

そんな状況だからいっそ営内に入りたいという人も結構いるのだが、それが出来ない。あくまで幹部と技官は外、幹部でない自衛官は営内だった。

私は昔、それが煩《わずら》わしくて仕方なかった。長年研究室を住処《すみか》にしていたからだ。郵便物も研究室に届くようにしていたくらいの私が職場の遠くから通勤してくるなんて、就職前は目もくらむような気分になっていた。今はどうだろう。今は閑職に回されているからか、通勤はそんなに嫌じゃなかった。営外に家を構えるのも、よかったように思う。ただでさえ周囲の目が冷たいのにプライベートでも同じ目にあうのはごめんだった。

駐車場で自分の車に乗り込む。黄色と黒のツートンカラーの軽自動車だった。父の強いすすめで嫌々普通車の免許を取ったのだが、今はそれが、大変役に立っている。免許を取れというのはこういうことだったんだなと、今更思った。休みも取り放題だろうから、今度埼玉に帰ってもいいかもしれない。

昼間は良い天気だったのに、夕方にもなると小雨がぱらついてきた。急いで車に乗り込んで、エンジンをかける。

最近、運転が楽しい。この車のせいかもしれないし、気持ちの問題かもしれない。はっきり分かっているのは考え事しながら運転するほど私はうまくないということだ。免許を取って四年くらいは経つのだが、いまだにちょっと、危なっかしい。

雨で法定速度を守ることを余儀なくされた。信号待ちの間にラジオを入れる。日本の車のラジオ性能は悪く、近年性能向上をするように国土交通省が通達を出しはじめている。表向きは緊急時の避難のため。実際はまあ、緊急時の中には、戦争というものも入っている。戦争の足音は、ゆっくりだが近づいている。

ラジオでは適当なことばかりを言っている。解説という名のもとで、その実自分の妄想を垂れ流したり願望を告白したり、誹謗中傷を推理として情勢予測してみたり。この点、今も昔も変わらない。腹が立つことも多いのだが、ある日どれくらいこれらの解説が的中するか統計を取りはじめることで、暗い喜びを覚えるようになった。

後でノートに書こうと、思う。この四年の解説の正確性は三〇％くらい。予想の的中率は五％くらいだった。ラジオがこれならテレビはどうかと思うのだが、そこまで付き合ってられないとも思う。通勤途中の暇つぶしだからできる暗い趣味だ。

速度が出なかった割に、早く家に帰る。時代掛かった二階建てのアパートの二階。一階に住むのはちょっと怖い。鉄の階段を上り、雨の音を聞きながらドアを開けて入った。まだ一九時だった。上着を脱ぐなり化粧を落とすため洗面所に突撃し、すっぴんになったあとはベッドに倒れ込んでは丸まって、痛みに耐えるようにじっとする。大きめの枕を頭の上に乗せて、目を強くつむった。お腹が空《す》くまで、ずっとそうしている。

このまま眠れたらと思うが、それが出来たためしがない。ここ最近、家に帰ればぼろぼろだし、それでも耐えていれば必ずお腹は空くし、朝になるとなぜか職場に戻っている。

実際のところ、ここ数ヶ月の仕打ちで自衛隊に対する忠誠心はまるでなくなったと思うのだが、それでもなぜか職場に戻っている。自分でも不思議なものだ。

起き上がってレトルトの食事を食べる。夕食は最小限。なぜなら昼食のカロリーが多いから。自衛官の食事はカロリーが多い。デスクワーク用の食事もあるが、そういうのに限って美味しくない。

食べながら、服が皺《しわ》になったなとのろのろと考えた。食べ終わった後機械的にスカートを脱ぎ、ブラウスを脱いでストッキングにブラを外して部屋着になる。安いのだけが取り柄の量販店で買ったトレーナーの上下だった。

食事の後、復讐について考える。自衛隊の携帯食料の中で伝説的にまずいと評判だった沢庵《たくあん》の缶詰を再現し、関係者に匿名で送りつけることを考えた。私なら嫌だ。でも、お金の無駄のような気はする。そのまま捨てればいいだけだし、第一どこかの変な本で沢庵の缶詰はうまいと、本当に試食したのか怪しいレポートが書いてあるものもかつては出回っていた。

ベッドに倒れ直す。洗い物は寝る前にやろうと思う。沢庵の缶詰は父が一度持って帰って来たことがある。缶詰、そう缶詰。当時はまだ缶詰だった。レトルトパウチではなかった。食事の後の持ち運びが大変だったに違いない。沢庵の缶を渡され、絶対に家の中で開けないようにと言われて震え上がった少女時代。その時は本でうまいと書いてあったのでと、父の知人が食べたいと言い出したのだった。父は黙って缶詰を持ってきて、その知人に渡していた。その後は知らないが、たぶん大変なことになっただろう。軍用食に期待するのは自由だが、味だけを追求しているものでもないので、過度の夢を見るのは危険だ。

ベッドの上で天井を見る。まぶしいので右手を目の上に置いた。

くだらないことばかりをつらつらと考えている。くだらなくないことってなんだろう。何でこんなことになるかなと考える。

事の起こりは、お礼を言ったことに始まる。整理整頓が行き届いた職場は、えてして不便なところに資料が置いてあったりするものだ。与党の政治家が視察に来た際箱に詰め高いところに片付けて、そのままにしていた資料が必要になり、私は背を伸ばしてそれを取ろうとしていた。

なかなかうまくいかない。背伸びして背骨を弓なりに伸ばしても指が震えるほど真っすぐ立てても、微妙に手が届かない。私はあまり背が高くなかった。椅子をもってきてその上に立てばいいのだが、そう、でもあと数cmというところだったのだ。学校の成績と同じく、頑張ればどうにかなると思った。

声を掛ければ手伝ってくれそうな人間はそれこそいくらでもいたのだが、こんな雑用で人の手を借りるのが嫌だった。

　そこを、助けられた。助けたのはTという先輩で、当然だが男性だった。この職場に女性はまずいない。同期でも四期上までの先輩でも女性はいない。だから日々トイレに行くのも大変だった。遠いのだ。いや、そんなことじゃない。

　お礼、お礼を言わないといけない。私はそう考えた。うまく言えなかった。社会人としてこの頃少しぐらいはちゃんとしたやりとりが出来るような気がしていたが、不意のことになるとうまくいかない。よくそんなことで技官が出来るなと思いはするが、研究職だ、悪いかと心の中の疑問に答えるのが常だった。

　それで、小さな声でなにか言って離れた。状況的にあれはお礼と認識されるであろうことを願った。

　席に戻って、頼まれていた英語資料を翻訳して、同時に簡単な資料を作った。米国経由で回ってきた、中国製戦車の分析レポートだった。

　資料はエクセルというマイクロソフトの表計算ソフトで作る。いい加減、エクセル離れして解析は解析で専用ソフトを組んだ方がいいと思うのだが、なぜだか頑《かたく》なにエクセルは使われる。エクセルでないと分からないという年寄りが多いのもそうだろうが、せめて数学ソフトであるマトラボくらい使わせて欲しい。いくら大雑把な試算とはいえ人の命が懸かる情報なんだから、しっかり計算した方がいい。

仕事に没頭するうちに、助けられたことも忘れていた。助けられた方なんて薄情なものだ。だが助けた方はそうでもないらしく、いつまでも覚えているようだった。

具体的には数日後に夕食に誘われた。私は拒否した。腕を摑《つか》まれた。思わせぶりな仕草をしてとか言われて頭に来たがうまく言い返せず、手を振り払って逃げた。

それだけの話だったのだが、場所が悪かった。帰り際とはいえ職場の中だった。多くの自衛官、技官、職員がいた。

問題に、なった。

問題、そう問題。私はこんなことが大事《おおごと》になるとは思っていなかった。自分に悪い方に傾くとも、思っていなかった。事実は逆だった。大事になったし、私に悪い方に傾いた。

まず、翌日上司に呼ばれて事情を聞かれた。この時点では上司は軽い叱責を与えるつもりだったのだろう。双方から意見を聞いて、頷《うなず》きながらまあ、でも職場だからね、考えてくれと言うのである。

ところがそうならなかった。Tがあることないことを言い始め、興奮しつつも壮大で滑《こっ》稽《けい》な、私が悪女である物語を創作してぶちあげた。覚えもない余罪が沢山でてきて発覚した形になったわけだ。

上司はTの話が事実かを他の職員に尋ねた。皆は首をかしげた。私はここでも孤立していたから、誰もフォローしてくれなかった。

私がTの証言を聞いていれば反論も反証もできたかもしれない。だが、そうはならなかった。Tが何を口走ったかを知らなかった。私が事情を聞かれたとき、私はただ下を向いてぼそぼそと事実を述べただけだ。誘われたので断りました。腕を掴まれるとは思っていなくてびっくりしました。その程度の話をしたと思う。

こういう時、日本人は喧嘩両成敗の名の下に、悪い判断を繰り返す。私の意見とTの意見の双方を聞いて合体させた上司は、ほとんどTの意見を鵜呑《うの》みにして事態を悪化させた。バカな話だった。

要約してお前が悪いと言われた私は猛烈に腹を立てた。その場では何も言えなかったが家に帰って悔し涙を浮かべながら長文の意見書を書いて、翌日手渡した。これがまた悪かった。素行不良の上に上司に反抗というオマケがついたのである。自衛隊も軍隊であり、部下が上司に反抗することをまったく前提にしていないどころか悪であることを、私はよく理解していなかった。

それで、異動になった。とりあえずの処置として、一人部署が作られて私はそこに流された。時が来れば本格的に異動させられることになるだろう。年度末にでも。

一方でTは退職した。話によれば送別会でも彼は自分の作った壮大な悪女伝説を語っていたという。騙《だま》された俺が悪いとも、こういうのはみんな男に不利とも言っていたらしい。

その実Tが何を企図していたのか、私には分からない。そもそも嘘をぶちあげて、あげくに仕事を辞める。自分の家庭や仕事を守るための嘘なら分かるが、今回はそういう話ですらなかった。理解に苦しんだ。私の感情は理解など不要と盛大に騒いでいるが、私の理性は、Tの行動に適切な理由をつけたいと望んでいる。理由が分かったからといって事実が変わるわけでも自分の身がどうにかなるわけでもないが、知りたいものは知りたい。

とはいえ、状況は更新された。理由は分からず、私は酷《ひど》い仕打ちにあっている。

にもかかわらず、仕事しろですって？

私は〝彼〟を思い出して腹が立ってきた。わざわざ運動場までやってきて話しかけるようなあいつだ。あれは嫌味だろうか、励ましだろうか。励ましなら最低だ。今頃励まされても困る。もっと私が困っているときに、腕を掴まれたり、上司と話をしているときに助けて欲しかった。

枕を抱きしめる。そんなことが出来ないのは分かっている。〝彼〟とは部署が違う。彼が知ることも助けることも出来なかったのは分かっている。だからこれはひがみだ。でも、ひがみと分かっていても腹は立つ。

これら全部をひっくるめ、一言で言えば不運だろう。私はついていなかった。就職直前に職場がなくなったりもした。勉強頑張ったのになとそう思った。運が悪いからって、これまでの頑張りまで無になりそうでそれが嫌だった。

仕事を辞めて就職活動をするか、いや、給料を貰っている今のうちにありがたく就職活動をするべきだろう。しかし、それでは腹の虫が治まらない。訴えでも起こしてやろうか。いや、訴えを起こしても覚えのないことを延々と聞かされるだけだ。プライバシー丸裸にされてその後、最大限うまくいって職場に戻っても腫《は》れ物をあつかうような微妙な人間関係になってしまうだろう。

つまりはもう、現時点で何もかも終わってる。口べたで、再就職が出来るとはとても思えない。あがり症や人前でうまく話せないのは病気ということであれば通院してみるという手もある。どうだろう。でも口べたが病気だと言われるのはいやだ。何でも病気にしたがる最近の風潮は嫌いだ。そのうち標準から外れたらみんな病気にされそうで嫌だ。

思えば少女時代は口べたでもよかった。それが可愛いと言われることさえあった。しかし、今はどうだろう。三〇で口べたの女。もうダメだという気がする。

最悪だ。もう駄目だ。でも死にたいとは思わない。昔はことあるごとに死にたいと思っていたのに、気付けばそんなことを思わなくなっている。なぜだろう。年を取って潔さが減ったせいだろうか。それとも仕事の関係で、そういう考えになってしまったんだろうか。自衛官といっても研究しかやったことないけれど。

眠りたいが眠れない。なにか良い方法はないかと考える。考えるうちに寝てしまって、夢の中でちょっと笑った。

朝が来た。何事もなく髪をひっつめ、軽く化粧をしてついでに入念に紫外線対策クリームを塗る。黒くなったねーと実家に戻ったとき言われてこちら、入念に入念を重ねている。自分としては、色白は理系の証《あかし》のつもりだった。着替えて眼鏡をかけて鏡を見れば、ほら、いつも通り。

心の傷口が顔から開いてないかと思っていたが、そんなことはなかった。思ったよりずっと高い靭性《じんせい》を示しているのが、不思議だった。

車に乗って通勤する。早めに移動。自衛隊へ向かう車でラッシュが起きないように、なるべく通勤時間をずらすように指示されている。

誰よりも早く通勤して、何もない机の上を眺める。

まあでも、ノートはある。ペンも。カシオの関数電卓もある。就職情報誌でも買ってくればよかったかなと思ったが、昔の人はこれで戦車の基本デザインを考えたものだ。さて。何をしよう。今は七月。年度末までは八ヶ月ある。

一ヶ月一ページで八ページを取った。月の名前をページの頭に書いていく。

これはスケジュール。今は白紙。

三〇独身女に自由にやれと言われても困る。自由に出来ていたら、もっと違う人生を送っていただろう。三〇独身女というのは要するに自由をなんか間違えた、あるいは確信持って間違えた結果だと思う。

自由の使い方を教わってないからうまく使えません。そんな言い訳を考えてもみた。酷い言い訳だった。早稲田大学にも行った、東大大学院にも行った。自衛隊に入った後はマサチューセッツ工科大学にだって留学はしていた。面接や人間関係が駄目で博士課程には進まなかったが学歴としての勉強は極めた。それでこの言い訳はない。

これまでずっと、自由から背を向けて生きてきた。自由が嫌いなのではない。自由をいつももてあましていた。今もそうだ。

だがそれも、そろそろ終わりにしなければならない。たぶん。いや、今こそ終わらせるときだ。どうせなら苦手なものを一つ克服して辞めよう。

幸い勝機はある。私は頭がいい。他は全部駄目だが、それだけはある。

一つやってみよう。そして、自由を苦手とすることをやめよう。自由を使いこなそう。

スケジュールのあとの白紙のページに、こんなことを書いた。

ペンを握る。ペンを置く。書く前に考えないといけない。

電卓を手に取る。今の段階ではこちらの方がしっくりくる。これは脳の一部。計算を担当する。大学時代に買った安物で年代物の関数電卓を撫《な》でながら、お金はあるんだから、もっといい電卓を買えばよかったなと考えた。いい電卓は、脳の一部を強化するに同じ。

まずは残りの日数を計算する。簡単なかけ算。暗算でもいいのだが、電卓を叩いていて数字を見ている方が安心する。

正確性はとりあえずおいておいて、一ヶ月三〇日とする。そのうち労働は月におおよそ二〇日。八×二〇で一六〇日。

ノートの一行を一日として目標を書いていくとして、二〇日で区切りの線を入れる。

これで自分の空間的な自由度が分かった。一日に一つのタスクをやるとして一六〇、二つやるとして三二〇。あまり考えられないが雑用や異動の準備で二〇日食われるとすれば一四〇日になる。時間的なひろがりは把握した。次は……なんだろう。

何をするかまだ決めていないけれど、まずは予備が欲しい。何をするにも予備があった方が安全だ。さっきの雑用や異動の準備の時間を予備にする手もあるが、今はそこまで切羽詰まっていない。別途予備を用意する。

軍事では一〇％というけれど。一四〇日の一〇％なら一四日だ。差し引くと一二六日。よろしい。この空間と予備を利用して何かしよう。

どうせ異動したら無理難題を積み上げられて辞めさせられるんだ。それまでは楽しくやりたい。楽しく何をやろう。やはり復讐か。そう復讐だ。どんな復讐にしよう。相手に最大の打撃を与えつつ、できれば過程が楽しい方がいい。閑職にいることを忘れられる、没入性の高い仕事がいい。

楽しく没入性の高い仕事といえば研究だ。他に仕方がなかったとはいえ、学生時代もその後も、研究ばかりしていた。結局研究か。よろしい。では研究だ。そう考えて研究しようとノートに書いた。夏休みの自由研究みたいで、ちょっと笑った。

何を研究しよう。復讐の研究は面白くない。出来れば専門性を発揮したい。となれば、やはりロボット、いや、しかし最近のロボット研究のトレンドは把握していない。捨てるに捨てられない青春？　の一部として一応今でも家にロボット学会の学会誌が届くようにはしているが、それだけだ。家に帰ってバックナンバーから読み直す必要がある。戦車はどうだろう。戦車については戦闘車輛システム研究室で主として海外資料の翻訳や比較研究をするための簡単なシミュレーションをエクセルで組んで回してきた実績がある。こちらは毎日やっていたから、計算式だって頭の中にある程度はある。

車体屋さんやエンジン屋さんの事情には暗いが、どうせ細部の設計は出来ないだろうから、とりあえず置いておくことにする。いや、良いことを考えついた。戦車とロボットを同時にやろう。ロボット戦車。考えるのはとても楽しそうだ。

このロボット戦車を作って復讐……は突飛すぎるか。現実的にはどうだろう。実用性がありそうな、レベルの高い研究をやってみせて私が辞めた後、悔しがらせる。そういうのはどうだろう。我々は彼女の使い方を間違っていたとか思わせたら愉快な気がする。

閑職の人間、辞めた人間が書いた資料をどう読ませるかは課題としてノートの隅に書いておき、基本線はこれでいこうと考えた。ロボット戦車。何を研究するか調整、選定する研究企画部署をすっ飛ばして自由にものを考えるというのは大学みたいで少し楽しい。

小声で歌を歌いながらスケジュールの配分を行う。最新のロボット事情についていくのにまず時間がかかる。実用性の高いコンセプトを考え、海外との比較検討もいる。有用性の検証も必要だ。出来れば運用側である各科のヒアリングもしたい。いや、無理か。

個人的に話を聞く、だけでも随分違うのだが、難しいな。うまく喋れる自信がない。急に気分が萎《しぼ》んだ。やる気をなくしそうになる。いや、いや、出来るところまでをやろう。

顔をあげてドアの方を見ると〝彼〟が立っている。いつも通りの印象の薄い顔立ちで、スマートな笑顔を浮かべている。知性があってさりげない。それがスマート。

私はノートを閉じた。ペンを置いた。電卓にカバーを置いた後深呼吸した。

「いつからいたんですか」

「君が歌っているところかな。アニメの主題歌だった気がする」

彼は制服があまり似合わない。ドア横の壁を背に腕を組んでいる。

「いつか女に刺されて死にますよ」

「大丈夫。その前に死ぬと思うから」

知性があってさりげない彼にしては、特徴のありすぎる随分な反応だった。私は彼を見た。彼はドアの入り口近くにあって私を見ている。

「不吉なことを言いますね」

「そうかな。動揺しているのかもしれない」

「何かあったんですか」

当然ながら私のところには、どんな隊内の情報も入ってこない。戦争が始まったかと思った。彼は私の方を真面目に見ている。

「君の歌声をはじめて聞いた」

私は睨んだ。

「もうそれはやめてください。私をからかってそんなに楽しいんですか?」

「今のはからかってない」

彼は微《かす》かに苛立っているようだった。なぜかは分からない。

「普段はからかってたんですね。やっぱり」

「そう来たか。頭がいいのはこれだから」

「気にくわない、ですか」

「いや、面白い」

それは予想外の言葉だった。彼は確かに苛立っていた。私は反応に困った。喜ぶのも違うが、怒るのもヘンだ。右下を見る。彼は頬をかいている。それもまた彼にしてはひどく珍しいことだ。彼に癖らしい仕草は何もない。右手で箸を持つこともあれば左手で持っている時だってある。知的でさりげなく、小器用な彼。

「私は二尉を喜ばせるためにいるわけではありません。仕事の邪魔です。帰ってください」

「仕事熱心なようでよかった」

「別に二尉に言われたからではないですよ。ほんとなんだから」

「そうか、それは残念だな」

何が残念なんだか。彼は微笑むとドアから出て行くこともなく、私の方へ寄ってきた。いつも通り足音がしない。

「足音がしないんですが」

「うるさい方がいいかな」

「いえ、別に。ただ、他の人と比べて音がしないので」

「気にくわない、かい？」

「いえ、別に。面白くもありませんが、不快でもないです」

彼はどこか不満そう。私は得意そう。

彼は自分の顎《あご》をひとなでした後、苦笑して口を開いた。

「まあ、焚きつけた手前、出来ることがあれば手伝うよ」

「暇そうですね」

「いや、僕ほど仕事熱心なのは珍しい」

彼は真顔でそう返した。ぬけぬけと、という感じには見えないのが恐ろしい。こういう人が嘘をつけばそれは私だって閑職に回されるだろう。

「ひょっとして私が閑職に回ったのって、二尉のせいですか」

「それはない」

即座の回答だった。私は推理が外れて少しだけ残念だった。だとすればTごときに私は陥《おとしい》れられたわけだ。意味不明の熱意によって。

「不満そうに見える」

「ええ、まあ」

「色々誤解をしていると思うが、僕は君の敵ではない」

「誰の味方ですか」

「日本国ならびにその友邦、また日本国国民、それらの保有する権利、財産の味方だ」

「わぁ、教科書みたい」

「不機嫌そうだね」

「上機嫌に見えますか」

私は目を細めながら言った。

「まあとにかく、僕は君の味方だ」

そんなことを言われても嬉しくはない。いや、一方でじゃあ助けてくださいと口から出かかっている。彼にそんなことを言っても何の意味もないだろうに。一度決まってしまった決定を覆《くつがえ》すのは、一介の二尉がどうこうできる話ではないのだ。

「日本人なのは間違いないですからね」

私はやっと、それだけを言った。

「やけに今日は突っかかるな」

「そんなことありません。いつも通りです。帰ってください。帰って」

「小学生みたいなことを」

「バカな小学生と自意識過剰の大学生を足して今の年齢なんです」

「うまいこと言うね。まあ、そうそう、『防衛技術ジャーナル』を」

「『防衛技術ジャーナル』がどうしたんですか」

『防衛技術ジャーナル』とは日本の兵器開発関係者が必ずといってよいほど目を通している技術雑誌だ。大きな本屋でも買えるし、そんなに深い話が出ているわけではないが、たまに重要な論文が出たり、上が何を考えているのか分かる時があったりして無視できない。

「暇だと思って持ってきたんだ。読んでも読まなくても適当に隅においといてくれないか」

「私は忙しいんです」

そう言って背を押して追い出した。ため息。手にはいつの間にか渡された『防衛技術ジャーナル』。私は表紙を見てまたため息。これが彼のいう日本国民とそれの保有する権利を味方した結果だろうか。

心のどこかで失望している自分が嫌だ。私は難しい顔をして席に戻った。うっかり『防衛技術ジャーナル』を読んだ。


ページに目を通しながら、昔を少し思い出す。

彼と最初に会ったのは留学時代だった。私のレノボ製ノートパソコンをうっかり彼が壊したのが意識した最初だと思う。彼も留学生だった。彼は謝って弁償してくれたのだが、それは東芝製で、私は似てるけど違うと、再度怒った覚えがある。レノボのPCは大学院で支給され使っていた関係で慣れていたし、愛着もあった。

とはいえ買い直せるほどのお金があるでなく、私は東芝製ノートパソコンを使い続けることになった。その頃くらいから、知らない仲ではなくなった。私としてはこいつは敵だと認定していたが、この件のせいか彼は何かにつけて留学中の私に気を遣った。

恥ずかしい思い出。何を勘違いしたか、一時期彼が私に好意を持っているのではないかと思ったことはある。初めての経験だったのでうっかり夜も眠れなくなるほどだったが、そんなことではなかった。彼はある日、何事もなかったように挨拶もなく帰国した。その後どこに配属される予定だなど、なんの連絡もなかった。私は一人で盛り上がっていたらしい。

よく考えてみれば留学中、男女でありそうなことは何もなかった。彼は本当にPCを壊したのを気にしていただけだったらしい。私の痛恨の思い出だ。その後はこの恥ずかしい思い出を記憶のふちから虚無へ追い出そうと日々を生きた。恥ずかしい恥ずかしい。

それから三年、今年彼と再会した。彼は似合わない留学生から似合わない自衛官になっていた。私は、何も変わっていない。見返してやろうとか、いい女になろうとか、そんなことを考えて実行しておけばよかったと思ったが、もう遅い。私は前と同じまま彼と向き合っている。いや、向き合ってはいない。すれ違い合っている。これも違うな。正確には私は前と同じまま彼とたまに職場で顔を合わせている。正確ではあるが、接点が全然ないことが浮き彫りになった。

何の罪もない『防衛技術ジャーナル』を閉じ、ノートを取り出す。漫然と本を読むのはいつでも出来るし、『防衛技術ジャーナル』なら家でも買っている。あれと『軍事研究』はたまに関係者がのけぞるような鋭い情報のスマッシュヒットを打ってくるので侮《あなど》れない。

まあいいや、考えよう。彼のことは考えない。自由研究を考えよう。

自衛隊が欲しいと思うロボット戦車はどんなものだろう。まずはそのために市場調査をしないといけない。防衛産業で市場調査というと、とても良くない響きがあるが。

一時期、戦車開発が世界的に停滞したと思われた時期があった。一九九〇年から翌九一年の湾岸戦争が終わって数年の間、そんなことが言われていた。

戦車開発が停滞し始めたのは東西対決と言われた冷戦が終了したことによる。大国同士の正面対決の危険性は去り、正規軍同士の戦いではこれが最後だろうと言われた湾岸戦争が終わった結果、戦車は行きすぎた装備だと言われるようになり始めていた。

皆が平和の夢を見る時代の、可愛い妄想だと思えなくもない。だがすぐに夢は破《やぶ》れた。数年で形を変えた戦争の危険性は増大し、一〇年で戦車の有用性が再び語られることになった。戦車開発競争は場所を移して再開することになる。

そこは日本を含む東アジアと南アジアだった。

二一世紀初頭から二〇年。戦車開発競争は、その主たる舞台をアジアに移している。

きっかけは経済で活況を呈しはじめた中国が、増大した国力に比した軍事の近代化と増強を図り、周辺への拡大路線に走ったことだった。これが周囲を刺激して、軍拡に走らせることになった。さらに中国も対応の対応として軍事的増強を行い、悪循環が始まる。結果として地域的な軍拡競争が始まった。二〇〇八年のリーマンショックで欧州が軍縮を進める中、戦車に限ってみても、この一〇年で日本、中国、韓国、インド、ロシアが新型戦車を投入している。台湾も戦闘兵車に続き戦車の開発を模索しているという。具体的に言えば中国に国境を接している国々のうち、工業化が進んでいる国の全部が新戦車開発に手をつけていた。それ以外で戦車の開発を進めているのはイスラエルと南アフリカだけという状況だ。

中国と国境を接する周辺の軍事的緊張の盛り上がり方は尋常ではなく、日本もその一つだった。念仏のように平和を唱えながら、坂を転げ落ちるように軍事的脅威にさらされつつあり、対抗のための予算措置がとられている。二〇一三年以降、軍事費は常に拡大し続けている。

平和が一番、原理原則はなるほどその通り。だがそれだけで国が守れると思っているのなら大間違い。自衛隊そのものがそんな存在だ。今では日本全部が、そうなりつつある。

平和とは戦力の均衡した状態のことをいう。政治的思想や宗教が同じでも、戦力の不均衡状態があれば、戦争は発生してしまう。戦争は残念ながら人の思惑や思想ではどうにも止められそうにない。歴史という統計的事実だ。

そこにどんなロボット戦車を投入するか。それが問題になる。

ペンを回す。考える。電卓を見る。また考える。

どこにどうプレゼンするか。それが問題だ。現場が欲しい物を企画するか、上層部が欲しい物を企画するか、政治が欲しい物を企画するかで、方向性は自《おの》ずと変わる。最終的には全部と調整して妥当なものを作るにせよ、最初の足がかりとしてどこに向けて企画するかはとても大切になる。

偉そうに言っているが、これはここ数年で激変した技本解体後の（防衛技術）研究企画で先輩や上司が四苦八苦しているものの受け売りだ。技本解体に伴《ともな》って企画通過のワークフロー（作業の流れ）までが破壊されてしまい、今はそれの再構築段階にある。ここ富士学校に研究企画の分室があるのもその一環だ。私もまだその一員であるかには自信がないが、この分室は現場を足がかりとしたタイプの、現場がより欲する装備の研究企画を行っている。

ところが私は、そこから干されている。今いるのは資料が置いてあった部屋だし、現場とのいかなる連絡ルートも今は持ち合わせていない。

私は現場が欲しい物を企画することを諦めた。ノートに線を引いて、消した。残るとっかかりは二つ。上層部が欲しい物を企画するか、政治が欲しい物を企画するか。

与党への連絡ルートがあるでなし、政治もないだろう。となると、上層部が欲しい物を企画することになる。ノートにその旨を書いた。

上層部が欲しい兵器とは何か。

私は偉くなったつもりで考えてみる。相手の立場になって考えることが必要なのは、この数年、先輩や上司の仕事ぶりを見て痛感した。これがいいと思ってプレゼンしても、受けないときは受けないものだ。相手のことをよくよく考えた上で話をまとめないといけない。

上層部はさらにその上層部である政治家と向き合っている。そのためのカードとしての装備が欲しいのではないかと考えてみた。防衛についてよく分かってないけど意見したり激励したりする人々に対する武器。それっていったいどんなものだろう。

私はよく分かっていない人の特徴をノートに書いて並べ始めた。こんなことしてたら普通は怒られるが、幸い今は閑職だった。怒られたりはしない。

実家の母や大学時代の友人の言動を考える。女性が多い。男性はどうなんだろうと考えながら、よく分かっていない人が専門外に興味を持った時の発言をまとめた。

その一番は当然、これいくら？　次は、これ何に使うの？　だった。男性なら知ったかぶりで色々言い始める。

前者二つが女性ならではなのか、そうでないのかは分からないが、ともあれこの二点が強力なら上層部に対して価値があると思わせることが出来る気がする。

もちろん、それがそのまま具現化したら現場が大いに困ることになるだろう。現場は価格よりも整備性やどれだけの数が回ってくるかを気にする。格好良さだって問題になるだろう。私が見聞きした限りでは格好良さは意外に評価に影響している。そんなものは関係ないとか皆言いながら、モックアップ審査などでは見た目で結構評価が変わる。これはもう、間違いない。いや、見た目でしか評価出来ないのがモックアップなんだから当然と言えば当然だが。

第一に価格、第二に目新しさ。そうノートに書いた。防衛省の職員としてこれはどうかと思うほどの清々《すがすが》しいコンセプトだ。

お父さんがこれで命を懸けるのは嫌だなあと。そう思ってコンセプトを書き直した。第一に広く行き渡ること。当然価格は安い。第二に高い信頼性。昔、七四式戦車が壊れるたびに父と遊びに行く計画が流れていったものだ。当時七四式が老朽化していたことを考えても、ああいうのは良くない。小さい娘として良くない。信頼性が高くなるとそういう家族の悲劇は減る。実際に有事の際でも喜ばれるだろう。もしかしたら休日出勤が減って自衛官のなり手も増えるかもしれない……ということはないか。

しかし、広く行き渡って高い信頼性のロボット戦車というものはできるんだろうか。頭の中に巨大な霧と雲が湧いている。先が見えない。五里霧中。

研究者はこの霧の中を歩くのが楽しくないといけない。私は自分の口に手を当てた。口の形は笑っている。どうやら私は研究者としてはまだ適性があるらしい。

周囲を見る。彼がまた立っていたら面倒だ。そう、私はもうアニメソングは歌わないと決めた。思えばあんなものを口ずさむのは二〇代までだ。三〇だとなんか残念になる。

さあ、霧の中をどう歩こう。ワクワクしながら、その日は家に帰った。十中八九読まれもせずに捨てられそうな研究だが、それでも研究は楽しい、仕事も楽しい。だから行き遅れるんだとちょっと思ったが、帰りの運転をしながら違う、と思った。

自衛官や技官の女性は付き合う相手に事欠かない。男ばかりだからというのもあるが、将来の嫁が最初から旦那の仕事に理解あるところも大きい気はする。それでまあ、私程度の人でも、声だけは掛かる。沢山掛かる。Tの大嘘が通ったのも、このあたりを利用して男の林の間を全裸で疾走していくアグレッシブでしたたかな女性が多いせいだ。

私もアグレッシブになってみるのはどうだろうかと思った。無理そうだった。三〇歳からそういうことをはじめても、無理というか、なんというか、ただ残念な気がする。

そうだ。ロボット戦車が充分に安ければすぐに退役させることができるかもしれない。これは大きな利点だ。装備を長く現役で使うのが自衛隊だが、長く使っている装備はやっぱり壊れるし、手間がかかる。

実物を見たことはないのだがFH70という大砲がある。あれの運用末期では共食い整備をしてどうにかこうにか運用していたという苦労話をよく聞かされた。常に若い娘ならぬ若いロボット戦車を使えたら、まあ便利だろう。それにロボット技術は進展が早い。陳腐化も早いから更新も早くした方がいい。

頭の中を一杯にしたまま、家の近くのローソンへ。富士学校の前にもローソンは二つあるのだが、誰かと顔を合わせるのが嫌なので家の近くのローソンを利用している。

ここのローソンは駐車場が込み気味で車を止めにくいのが欠点だ。でもまあ、軽自動車だし、バックモニターもついてるし、どうにか駐車出来ている。子供の頃に乗っていた車にはバックモニターがなかった。今思うと信じられない。ナビは昔からあった気がする。まあ、ないと運転出来ない気がする。教習車にはついていなかったが。

安くするために小さくまとめるのはいいなあと考えながらローソンに入る。レトルト食品をいくつか籠《かご》に入れて、自炊ということも考えた。楽しそうだがやったことがない。異動かなんかのあと、辞めたら挑戦してもいいかもしれない。三〇歳からの自炊、タイトルを考えただけで心が凍えそう。

アイスを買おうか迷っていると目の端に彼が見えた。

視線を戻した、やはり彼だった。こっちには気付いてなさそう。本を読んでいる。立ち読みだった。立ち読みご遠慮くださいとあるのにと思いながらそっと近づく。何を読んでいるか知りたい。しかしそれにしても、不用心な彼を見るのははじめての気がする。いつもは借りてきた猫のような動きを見せるのだが。

後ろから見た雑誌は残念ながら車雑誌だった。もう少し弱みになるようなものだったらよかったのにとそう考えた。声を掛けるか考える。家は案外近いのかもしれない。まあ、近いんだろう。この近くにも幹部自衛官や職員が多い。別におかしくもなんともない。あ、いっそこっそりついていって家を確認してもいいな。そう思って目線を動かす。彼と目があった。

「あれ。奇遇ですね。二尉」

「奇遇もなにも」

彼は、多少あきれている。

「なにも？」

「傍《そば》に立ってるんで誰かと思った」

ああそうか。人の傍にいるときは考え事しないようにしないといけない。人と関わりを持つことがあまりないので、たまに間違う。女子の塊に運悪く巻き込まれるとぼーっとしているとよく言われる。彼もそういう感想をもっているかもしれない。

「ぼーっとしてたわけじゃないのよ」

そう言った後で、口調がため口になってたのに気付いた。いけないと慌てる前に彼が喋った。

「だろうね」

「じゃあ、なんだと思いました？」

「のぞき見している言い訳を考えているように見えた」

「のぞき見なんかしてません」

していたが、そう言い切った。背を向ける。

「単に挨拶をしようと思っただけです。では」

そう言って、逃げた。逃げた後でアイスを買い損ねたのを思い出した。

家に帰って、化粧を落として部屋着に戻り、正座して反省。さすがに逃げたようにしか見えなかったに違いない。そもそもなんでため口出るかな。顔から火が出そうなので両手で顔を覆った。恥ずかしいといったら、ない。

後ろからのぞき見して考え事しているうちに気付かれるのも間抜けすぎる。走って逃げたらのぞき見していたと告白するようなものじゃないか。いや、それにそもそも、がんばればもう少し彼と話が出来たかもしれない?

その発想に、三〇の威厳をもって私は自分に駄目出しした。死んだ種からは芽が出ない。三〇年芽が出ないなら四〇年でも五〇年でも芽が出ないものだ。しかも閑職だ。お酒は飲めないがお酒を飲みたい。いや、寝よう。そうしよう。

それにしても三〇歳というものは二〇代の延長線だ。二〇代は一〇代の延長線でもある。一途《いちず》で理系な一〇代の小娘の先に左右が見えない二〇代の理系の女がいて、これが三〇になると経験値不足に目がくらみそうな理系のおばはんが一人いる。最悪だ。もう駄目だ。

トイレの壁でも叩きたい気分になりながら、ベッドに倒れ込む。もう寝よう。眠りながら、寝ることで問題を先送りにしている自分に駄目出しした。

でもそれ以外に、何が出来るっていうんだろう。


翌日はなかなかの快晴だった。富士学校は富士がよく見えるのでとても良い気分になる。

昨日、帰り道で思いついた小型化、軽量化による低価格化を考えてみる。ノートを広げ、計算機を引っ張り出す。電卓の表面を触って意識を集中する。これから理性で勝負するぞという、おまじない。理性的でない気がするが、この際気にしない。

思い切った軽量化と小型化のあてはある。人間だ。

人間をリストラする。ロボットなんだから当たり前だが、これで乗員保護や作業スペースなどが不要になり、一気に小型化する。乗員三名の体重の一〇倍は堅い。体重七〇kgとしてマイナス二一〇〇kg。あれ、意外に軽くない。乗員の代わりをする自動機械を入れ替わりにいれるんだからさらに軽くならない。

いきなりアイデアを失敗した気がする。まあ、そういうこともある。霧を歩いていたらいきなり壁に頭からぶつかった気分。これは幸先《さいさき》がいい。研究序盤に壁に当たるということは、不利益以上に利益が多い。壁があれば、壁に触れながら迷路を歩いていけるというものだ。霧の中を進んでいつのまにか迷走するよりは、壁に当たった方が、ずっといい。

この失敗で分かった重要なこと。人をリストラしてもあまり意味はない。さあ、ここからどちらに足を向けようか。逆方向に歩いてもいい。人を活用するロボットという考え方だ。

人間を活用するメリットはたくさんある。その最大のメリットは機械が受け持つ機能の縮小だ。例えばバランス感覚や力の加減というロボットには難しい行為も、人間が中に入って操作するのであれば、実に簡単になる。卵をつまむようなマニピュレーターも、高校生に毛が生えた程度の技術力で作れる。

中に人が乗るタイプのロボットなら、逆説的に安価なものを作れる気がする。

もちろん軽量小型化による価格的メリットを追求したものになるので、人が乗るといってもガンダムのような大きなロボットではない。パワードスーツのような形態になる。

パワードスーツがロボットかどうかはさておき、これは結構有望そうな気がする。

原理的には装着者の皮膚に取り付けられたセンサーを通して微弱な生体電位信号を感知し、内蔵コンピューターでその信号を解析、サーボ機構によって装着者の動きを真似する（補助する）ようにスーツを動作させる。このサイズで配管を巡らせるのは現実的ではないのでバッテリー駆動になるだろう。

この形式の良いところは実現がごく簡単そうなところ、そして年々重装備化する歩兵……普通科に福音をもたらしうる点だ。防御力と機動力、ついでに疲労軽減になるかもしれない。

私が数日で思いつくようなことには前例がある。

実際に先行研究があるはずと、『防衛技術ジャーナル』の過去の記事を探して目次だけを読んでいく。まあ、彼がたまには役に立つことは認めざるをえない。あった。アメリカが一〇年前の二〇一〇年には実験までこぎ着けている。

日本で介護用に研究が進められて実用が始まったサイバーダインのＨＡＬ（ハル、Hybrid Assistive Limb）と同様のデザインだ。ただこちらは油圧駆動方式。九〇kgの荷物を運んで時速一六㎞で走行できる。バッテリー駆動は二時間。これは短い。その後の情報はあまりないが、このバッテリー問題がネックになっているらしい。

逆に言えばバッテリー問題がある程度解決すれば実用に足るかもしれない。

解決法として一番簡単なのは発電用のエンジンを積むことだ。小型バイクのエンジンを背中につけて発電に用いればいい。いわゆるレンジエクステンダータイプの電気自動車と同じだ。エンジンが民生用なら安く数も揃えられる気がする。小型バイクのエンジンあたりが妥当だろう。

背中にエンジンを積んだ歩兵部隊を想像する。装備をどう持つかが問題だ。重量的には前より持てるようになっても、背嚢《はいのう》が使えなくなる分実質の積載量が減るのでは本末転倒だ。レイアウトを考えないといけない。振動や熱対策もある。

またパワードスーツの場合、難しいのは慣性だ。力が増えて持つ荷物が増えるということは慣性の働き方が普通とは異なることを意味する、装着者はトレーニングを必要とするだろう。その訓練費用はトータルコストにそのまま加算されてしまう。

やはり無人機のほうが安上がりだろうか。一応候補として予算見積はやろう。

〝壁〟まで戻ってもう一度考え直す。人をリストラしても重量があまり減らないのはなぜだろう。車輛の形態や武装、防御力に手を入れていないせいか。

戦車の三要素を攻撃、防御、機動という。この三つを高次元で融合、形にしたのが現代の戦車というわけだ。戦死がでないという前提なら、思い切って防御を減らしてもいいかもしれない。

しかしそうなると戦闘が長引く段階で脱落が増えて困ることになる。結局ある程度の防御はいる。難しい。どうせ単なる無人戦車を作ったとしても、安く上がることはないのだから、思い切って攻撃、防御のレベルを下げてもいいかもしれない。機動力はまあ、下げられないだろう。部隊に随伴する能力を失えば、ほとんど意味をなくしてしまう。

戦車ではなく、戦車を補完するものにしようか。そんなことを考えた。浮いているというか、宝の持ち腐れというか一〇式戦車が持つ高度なネットワーク機能があるから、それと組み合わせる形で使うのがいい気がする。

少し考える。難しい。現時点で戦車を補完するものか、歩兵を補完するものかで大きく二つの方向性がある。

どちらに行くかが問題だ。最終的には戦車も歩兵も統合した戦闘団の一員を形成するのだから両方を補完することになるのだが、とりあえずの方向性として、どちらかを決めなければいけない。

気付けば目の前で手を振られている。私は飛び上がった。彼だった。

「期せずして昨日の復讐はなったね」

彼はそんなことを言った。私は彼を睨んだ。

「だから、あれは別にそういうのではありません」

彼は似合わない優しさで微笑んだ。

「あの時だけ、昔みたいにタメロだった」

「だから、まあそれはそれとしてなんですか」

「食事を忘れている気がしたんで、誘いに来た」

実際忘れていた。私は恥ずかしい思いを怒りにした。

「忘れていません。今行こうとしてました」

「なるほど。ならいいんだ」

彼は深追いしない。さすがスマート。知的でさりげない。でも私は、スマートじゃない。

腹が立つ。その態度が嫌だ。どこの何が嫌かは分からない。

「だいたい、二尉は私のお母さんかなにかですか」

「お父さんじゃないのか」

「父親というものは娘にあれこれ言いません……まあ、ウチの場合は、ですけど」

「お母さんは色々言ってたわけだね。君の家では」

「憶測反対！」

「憶測じゃない。推理だ。それに今の会話の流れで推理するなどというのは、無理なんじゃないかな」

そう言われると、ちょっと自信がない。私は下を見た。目をさまよわせた。

「そう、ですか?」

「たぶんね。食事、行くだろ?」

だからそういう勝手に何でも決めるのがお母さんぽいんだ。私はどうそれを伝え、反抗的に振る舞うか考えた後、結局彼について行くことにした。こんなところで反抗するのはいかにも子供っぽい。

「それと、外では名前で呼んでくれ」

彼はドアを開けながら言った。

「お願いですか、命令ですか」

「要請だ」

私は一〇秒考えた。右下を見る。

「いいですけど、私は何か貰えるんですか。それで」

我ながらひねくれた回答だった。言った後で赤面した。彼は頷いた。

「分かった。僕も君を名前で呼ぼう」

「力一杯やめてください。分かりました。まあ、外で会うことなんかないと思いますけど」

「昨日あったじゃないか」

「たまたまです。それよりいいんですか。私なんかと食事して」

「何が？」

彼は不思議そう。不思議そうな顔をしているのが、似合わない。私は目を伏せた。

「……噂になりますよ」

「どんな噂かは分からないが、まあ、事実とは違うだろうね」

「まあ、ただ単にたまたま食事に一緒に行くだけですし」

「あ、そっち？」

他になんだって言うんだろう。ともかく食事を食べにいった。幹部自衛官用の食堂とはいっても食べる物に差があるわけじゃない。今日のはまずくはなかった。いや、美味しかった。何を食べたかは覚えていないが。

午後、気を取り直してノートを広げる。部屋を見渡すと彼が悠然と部屋の中を眺めたりしている。私はノートを閉じた。

「そこの不良自衛官」

「大丈夫。時間調整だ。あと一七分したら出て行くさ」

私は仕事しろと言いかけて、黙った。打ち合わせか何かだろうか。

「……いいですけどね。暇を潰すならもっといい方法があると思いますよ」

白紙のスケジュールから二〇日を研究企画に回す。いまだ霧の中だが、とりあえず尻を決めておかないと際限なく迷って出られなくなる。スケジュールのおしりを決めるのも、霧の中からの脱出の方法の一つだ。

彼は私のノートを覗くこともなく、積まれた資料を眺めている。

「私が何をしているかとか、気にしないんですか」

「気にしている」

彼は真面目に答えた。私が何かの反応をする前に、彼は言葉を続ける。

「でもまあ、穿鑿《せんさく》したら嫌がるだろう」

「嫌がります」

彼はほらね、とばかりに眉を持ち上げた。私は席についたまま、ノートに目を落とした。

「でも、全然気にされないよりは、気にされた方がいいです」

「大丈夫。君がいい奴なのは知っている」

彼の答えは、研究とは全然関係ない。嬉しいのか嬉しくないのか分からなくなって、私は穴が開くほどノートを見つめた。

「いいとか悪いとか、随分子供っぽい物の見方をしますね」

「子供かな。まあ、単なる個人的経験を述べただけだよ」

私は息を吐いた。ため息ではなく、覚悟を決めた息。顔をあげる。

「誰も見てくれないかもしれないけれど、ロボットの戦闘車輛を研究しています。一人で。研究企画みたいなものだけど」

「面白いとは思うけど、現実的なのかい？」

「現実的にする予定です」

彼は頷いた。何よ偉そうにといつもは思う仕草だが、今日は少し違って見えた。少しだけ。公差範囲内くらい。

彼は私を見ている。

「手助けがなにかいるかい」

「……二尉になにが出来るって言うんですか」

彼は難しい顔をして目だけを右にやった。

「そうだな。例えば意見を集めてくるくらいは出来るかな」

「必要なのはPCと資料と、プレゼンの場です。意見も必要です」

「盛りだくさんだね。他には？」

「出来るんですか？」

私は立ち上がりそうになった。彼は笑った。

「出来るかどうかは分からない。残念ながら。ただまあ、やってみる」

彼の動きを目で追った後、慌てて口を開いた。

「あ、あ、でも、二尉が大変なら、いいです。別の手を考えます」

「いや、それには及ばない。まあ、国民の生命と財産を守るのが仕事だからね」

彼はどんな部署で何の仕事をしているんだろう。私はそんなことを考えた。気にしたら負けと思って、今の今まで聞いたことも調べたこともない。

「……どんなお仕事されているんですか」

「今は自衛官だが」

またからかわれた。顔を赤くする。彼は笑って腕時計を見ている。

「時間だ、行ってくる。研究に期待しているよ。日本のためになってくれ」

「努力はしますけど、まだ分かりません」

「それでいい」

彼はにこっと笑って足音もなく歩いていった。

彼が去った後、私は腕を組んだ。なによ。偉そうに。

その日の夜は、なぜかよく眠れた。実際何が起こったわけでもないのにね。

翌朝は気持ちよく目覚める。まあこれは、研究しているせいだろう。私はそう、研究に生きる女。正確には研究に生きるしかない女。さらに厳密には研究以外にチャレンジするには遅きに失した女。正確性を増すほど気分が落ち込みそうなので、深く考えないようにする。まだ生まれてもいないあれやこれやを考えるのは楽しい。

通勤中。ラジオニュースを聞きながらの運転。ラジオは今日も絶好調で、世界が問題と懸念に満ちあふれていることを誇示している。

〝韓国では今、五年前に撤退した在韓米軍の復帰を熱望しています〟

熱望するものなんだろうか。日本では米軍不要論を打《ぶ》ち上げる平和論者は多い。韓国の事情は分からないが、どうなんだろう。そもそも二〇一五年に何かあったのか。米軍が撤退したのは分かるが、何せ私がこの業界に入る前のことなので、何が理由でそれが何の問題を起こしているのか、ちょっと分からない。

耳に意識を傾けていると、話題はお天気の話に変わってしまった。国内ニュース抜きで天気の話題にいったことになる。私はハンドルについたスイッチでラジオのチャンネルを切り替えた。

〝北朝鮮で起きている大規模な脱出劇はさらに波紋を呼んでいます。昨日夜北朝鮮は国営放送を通じていかなる理由でも共和国民が国境を越えることは許されないとし、これを手助けする韓国の政府、NGOの動きを強く牽制しました。またこの番組の中で警告を無視すれば断固とした無慈悲な攻撃により殲滅《せんめつ》させられるであろうとも警告しています〟

なるほど。おそらくそういう情勢の元で韓国だかその政府だかは米軍による抑止力を期待して在韓米軍復活を熱望しているのだろう。毎年のようにきな臭いニュースが入ってくるが、今夏も大変そう。

富士学校に着く。学校という名前の基地。ここでは普通科（歩兵）・機甲科（戦車）・特科（砲兵）の幹部自衛官の教育の他、下士官教育や幹部レンジャーの教育も行われる。

大昔のように単科学校ではなく、各科の相互連携を重視して総合的な教育の場として機能している。

技本解体後はここに防衛技術の研究企画分室が置かれるようになった。より現場の意見を聞こうというわけ。その前は相当、現場側に怨嗟《えんさ》がくすぶっていたと聞く。

今でもよく話にあがるのは八九式装甲戦闘車（FV）だ。現場がその必要性を理解せぬまま、ものが上がってきた関係で相当な反感を買ったという。

そういう意味では私の研究だって上層部や政治家ばかりを見ていられない。現場の声を反映させなければ仮に正式採用されても調達数がごく少ないものになる。

席についてノートを開く。今日は計算大会。コストをどう下げるかについてアプローチを考え直してみる。

基本的には既にあるものを組み合わせれば開発コストは減る。大口径砲を搭載しなければさらに減る。

大砲は筒の中に弾体と火薬を入れ、片方を閉鎖して筒内で火薬を爆発させ、弾体を打ち出す簡単な構造上、避けられぬものとして反動が出る。

この反動は最終的に振動や衝撃という形になって車体に影響する。車体のフレームが歪むこともあれば衝撃による揺れで命中率が下がることもある。電子機器が壊れることもあれば車内にいる乗員の耳が大音量や気圧変化でやられることもある。機構は単純だが単純であるがゆえに押さえ込むのは難しく、大砲を搭載することはそれだけで、コストを押し上げた。

とはいえ、現在でもなお、長時間、もしくは継続的な戦闘では大砲以上の効率的な攻撃手段は存在しない。それでどこも悩んでいる。

他国の状況を俯瞰《ふかん》すると、戦車に随伴する戦車モドキとして歩兵戦闘車（ＩＣＶ）がある。歩兵を乗せて輸送する輸送車輌に攻撃力、防御力を付加させたものだ。戦車は歩兵の支援がなければ十全に戦闘力を発揮できないことから、このような兵器が生まれた。単に歩兵を輸送するだけならもっと軽装備の車輌でもいいのだが、実際の運用ではこの種の軽装備車輌では被害が続出して、重武装、重装甲化していった経緯がある。

今企画しているロボットも戦車モドキである点は変わらない。戦車モドキである歩兵戦闘車の多くは二五㎜以上の大口径機関砲を採用していて、言い方を変えると戦車モドキは大砲モドキをつけていることになる。これはもう、コストの問題だ。大砲モドキだけでは心許《こころもと》ないとなると対戦車ミサイルをつける。

例外もある。ロシア軍は伝統的に大砲信仰が厚く、大砲を捨てきれていない。一時的に廃止したことはあったが、過去一〇年ほどで復活した。戦闘兵車でも機関砲と並列装備する形で大砲を使い続けている。

技術者としてみると砲塔内が大変そうだが、気持ちは分かる。ロシアはいくつもの実戦をくぐり抜けている過程で、長時間の作戦遂行力の必要性を痛感していると思われる。数発しか携行できないミサイルでは困ることが多いのだろう。

これから作る戦車モドキ。装備は何が似合うかな。戦車寄りの戦車モドキよりは歩兵寄りの戦車モドキの方がいいかもしれない。なにせ我が国は現在進行形で戦車寄りの戦車モドキを模索している。装輪式の大砲を積んだ装甲車で、漏れ聞くところでは背が高く、幅二m半を超えることから道路交通法上の問題もあってなかなか形になっていないという。それと研究がかぶらない方が研究の生存率は高いだろう。

歩兵寄りの戦車モドキにはメリットもある。軽くなるし、歩兵装備を流用出来る。他の研究を使うことも出来るだろう。この世のロボット研究のほとんどは軽いロボットであって何トンもする重ロボットはほとんど研究されていない。要素研究の項目が減ればそれだけ開発期間が減る。

開発期間を短くできればコストは下がるし量産に上乗せされる開発コストも減る。ここは大きいところだ。普通なら一五年かかるところを三年くらいでどうにかしたい。この効果はかなり大きい。短くするのにはもう一つ理由がある。ロボット技術の進歩は早くて、のんびりやっているとどうしようもなく陳腐化したものが出来てしまう。

実際、かつて小型偵察ロボットの開発で同じような失敗があった。時間をかけて作ったそれはホビーショップで買える物とあまり変わらなかったとして大いに非難されたものだ。そういう経緯もあって陸自のロボットは鬼門ともなっているところがあるが、開発期間が短ければそういう問題も減るわけだ。

問題なのはそれでも陳腐化の波は押し寄せて来るわけだから現役の年数が短いであろうこと。物持ちがいいというか良すぎるきらいのある自衛隊でこれは大きなマイナスになる。

瞬間、マイナスというより、改善点だと思った。

私は昔、戦車を中心にした戦闘団の訓練を見学したことがある。新旧織り交ぜた戦闘車輛は、旧式の車輛に足をひっぱられて新式の行動が制約される場面が目立った。旧式は旧式で悲壮な音を立てながらどうにか新式についていこうとしていたものだ。予算の問題だというのはよく分かっているが、ああいう状態で戦争状態には入りたくない。同じことを思っている人も多いはず。

この点、マイナスと言っても狙い目はある。戦時量産品だ。有事での戦力増強時に量産しやすいことは現役の年数が少ないことを補って余りある。今、極東アジアの情勢はきな臭い。国が偵察衛星などの情報を正しく汲み取り、有事の兆候を一年前に得られるのなら、そこから量産してある程度数を揃えられる機材は魅力的になるだろう。

　私は線表を作ってみる。モデル機としての試作機を三年に一回リリース。有事、準戦時状態に移行したらモデル機を原型にすぐに量産に移る。モデル機の設計部門は解散せず、そのまま継続して設計を続ける。モデル機は富士学校において教育だけは施しつつ、運用マニュアルなどの改訂を行う。

　ここまでをノートに書いて一息つく。一息ついているが頭はずっと動いている。

　そうか、いくつか分かったと独り言を呟《つぶや》いた。

　コストというもので見ると色々なことが分かるものだ。いくつかの懸案がクリアになった気がする。第一に戦時急造やコスト面から戦車寄りではなく歩兵寄りのアプローチになること。戦車モドキとして歩兵戦闘車（ＩＣＶ）と似た部分が多数出るであろうこと。最後に重量的にも量産的にもコスト的にも大砲は使わないと言うより使えないこと。正直に言って大口径機関砲も難しい気がする。

　霧がいくらか晴れるような気がした。迷路が明るくなった。少なくともプレゼン段階まではいける気がした。一方で問題も見えた。量産や開発スタイルがこれまでと違うので、この点で大いに揉める気がする。次善の策も用意しておくべきだろう。

　私は顔をあげて彼を待った。そろそろ昼だった。三〇分経った。彼は来なかった。

　別に約束していたわけじゃないんだから当たり前よね。そもそも毎日顔を合わせるのもこの数日のことだったわけだし。

冷静を装い、ハンカチを広げたり畳んだりした。段々腹が立ってきた。小学生か、私は。

憤然と立ち上がり、食事に行く。そう、食事だ。味は覚えてないが沢山食べた。普通に一人前食べた。食べ過ぎの気もしたが食べた。

席に戻って仕事再開。仕事に集中しようと考える。昨日彼は颯爽《さっそう》として私に助力を約束したがうまくいかず、気まずくなって顔を出せなくなっているのかもしれない。

だとしたら本当にバカだ。私は別に彼に期待なんかしていない。嬉しかったのはある。少しだけど。それよりも顔を出さないのは万死に値すると思う。いや、万死に値するのはそんなことを考えている私か。長いため息をつく。このため息が終わったら仕事しよう。

「ため息をついていると――」

ため息が途中で止まった。目線を動かす。彼だった。ため息をついていると不幸になるぞと目が言っている。私は背筋を伸ばした。首を横に向けた。

「別に。今でも充分不幸せです」

「そんなに腐らないでもいいと思うけどね」

彼は小脇にノートパソコンを抱えている。パナソニックのやつ。なんだろう。いや、まさか。反対の手には電源ケーブル。

「どこから持ってきたんですか」

「新規調達だよ」

「だ、大丈夫なんですか」

「機能は充分だと思うよ。エクセルも入ってるし」

「いえ、あの二尉が」

「僕が？　何を」

私の立場は閑職というか蟄居《ちっきょ》状態にある。私は目だけを動かして周囲を見た。

「私はこうなので」

それだけを言った。万死に値するというのは嘘です。死ぬのは三回くらいでいい。内訳は昼食に来なかったのが二回、事前に報告連絡相談を怠っていたのが一回。

彼は私の視線などないように口を開いた。

「君にまつわる誤解は解いたと思うけど、まあ、一度決まったことをすぐ撤回出来ないのは組織の悪癖というやつだね。うまいこと着地点を探していこう」

「そんなことはどうでもいいんです」

「どうでもいいのかい」

彼はパナソニックのPCを私の机の隅に置きながら言った。この人はレノボのPCに恨みでもあるのだろうか。いや、確かに防衛省でレノボ製品はないけれど。

私は息を吸う。背筋を伸ばす。

「どうでもよくありませんが。そこに座ってください。この際だからはっきり言います」

「椅子はないが」

私は茶化さないでという目で彼を睨んだ。

「私のために苦労しないでください」

彼は目を少しだけ開いた後、すぐに涼しげに言った。

「日本国民の生命と財産を守っている。それが仕事だ。個人的には立派な仕事だと思っている」

「仕事なんですね」

「当然ながら」

私は横を見た。

「私も仕事します。ほっといてください」

彼も横を見た。

「そうだね。邪魔しちゃ悪い。PCは置いていくから、好きに使ってくれ。ネットワークは今夜中にでも用意してもらうよ」

彼が去った後、私は機械的にペンを走らせた。後で見ると〝あによろし〟と書いている。ペンを折りそうになって私はペンを机に置いた。

自分の大人げなさに絶望する。なんであんなことを言ってしまったんだろう。感謝すべきじゃないか、感謝すべきことをしてくれたじゃないか。

そう思いながら彼がさらに嫌いになった。研究する気をなくしそうになる。いや、でも、私には他に何もない。

世にいう残念な女性とはきっと私のことだ。もう三〇だ。しかも処女だ。いまだに人とはうまく話せないし、自炊もちゃんとやったことがない。

だから研究だ。研究しても人生の問題が解決しえないのは分かっている。でも今は仕事時間だ。他に何しろっていうのよ。

私は、彼と恋愛をやるようなことなんかできない。普通の女性みたいになんて無理。トイレで化粧とか隣の鏡に映る相手に笑顔を向けるなんてとても出来ないし、トイレ内の私物入れに携帯を持ち込んで彼氏にメールしまくる猛者《もさ》なんかにはとてもなれそうもない。

そもそもこんなにひねくれていては、どんな男の人だって好いてくれるわけがない。

いや、だから仕事しよう。そう仕事。戦車モドキロボット。それ以外は考えない。考えたら自分が全然駄目なことをずっと再確認するはめになる。

私は安く上げるためにサイズを小さくすることを考えた。戦車に随伴するのはもちろん、歩兵を支援することも想定するから人より小さなサイズが望ましい。高さは一m以下。中腰の人より的として小さければ（匍匐《ほふく》前進する歩兵にはかなわないまでも）相応に使える。機動力で大きく勝れば出番もある。

車体幅も小さくしたい。小さくすれば安くあがる。部品点数を減らすのとサイズを減らすのはコストダウンに直結する。幅も一ｍにする。長さも一ｍにしたい。これが最初の検討サイズ。重さは一〇〇kgにしたい。ドラえもんと同じくらいだ。

これぐらいの大きさだと、被弾面積は最小になる。コンパクトで人間の入る塹壕《ざんごう》や建物の中に隠れることも出来るだろう。一方で機動力に問題が出る。例えば不整地、デコボコした道を行くのが大変になる。溝や川を渡るのも大変になる。乗り越えた際に大きく傾いたり揺れたりするのは免《まぬが》れない。車体が小さいほど地形の影響は顕著に出てしまう。

対策として車体を大きくすればいいが、そうするとコストがあがる。脚をつけるのはどうだろう。脚もコストアップの原因だが、本体を長くするよりは、重量が充分軽ければ安くあがる可能性が高い。

私は長い脚をつけてみた。脚は六本にした。三本脚があれば立つことが出来る。これが二セットあれば交互に動かすことで安定した射撃姿勢を得られる。仮に一、二本やられても四本あれば戦闘を続行できる。二本脚や四本脚ではそうはいかない。

脚は通常、折りたたんで本体にくっつける。普段は車輪で走る。脚は消耗品で使う時間や頻度が少ないほど故障や故障交換をしないでよくなる。

脚につけた小さな車輪にするか、脚に加え本体の下に大きな車輪を搭載するかは難しいところ。小さい車輪は衝撃を拾いやすい。大きい車輪はそれだけでスペースを食う。本体内に車輪を取り付ける場合、車輪の数は一個にしたい。曲がる際は脚を補助に使えばよい。

　平地、階段、溝はそれでいいとして問題は泥濘《ぬかるみ》、日本国内でいうと田んぼの中を行くときが問題だ。小さい車輪だと泥をかんで相当面倒くさいことになりそうな気がする。そして日本には田んぼが多い。ここは無視できないところだ。無視できないといえば降雪地帯をどうするかも考えないといけない。

　いっそ小さな無限軌道をつけようか。駅の構内でたまに見かける、階段で缶ジュースの箱を運んでいるあの特殊台車のメカニズムを応用すれば、それなりに役立ちそうな気がする。

　足回りを考えるだけで数日は楽しくも苦しみそうだ。私は検討課題にこれを加えた。

　スケッチで絵をノートに描いた。丸い形。お団子、もしくは日の丸。並んだら可愛くなりそうだ。

　武装は脚を邪魔しないように本体の上に装備するだろう。横や後ろの敵に対応出来るように、武装を回転させたり上下に向けたりする機能は欲しい。それがなければ射撃機会をつくるために毎回脚を動かさないといけなくなる。避けながら射撃するということが出来なくなるわけだ。それではあまりに使いづらいので、武装は小さな砲塔に装備出来るようにする。首だけ持ち上げて撃つことが出来るように伸縮式にしたい。

　この他、弾薬の補給は自動で出来るようにしたい。それだけで整備の手間は減る。

画像認識と自動運転のシステムはロボット学会の学会誌にあった。自動車メーカーの応援が得られれば、問題なく出来そう。ステレオカメラで地形やセンターラインを認識すること自体は一〇年前から出来ている。

とにかく小さくまとめることが出来れば発電用のエンジンも足回りのモーターも小さく出来る。発電用エンジンはこの際外に追い出して、外付けでもいいかもしれない。追加バッテリーパックにキャニスターをつけて自力で引いてもいいわけだし。

よし、エンジンも外そう。軽量、簡素、これがこの企画の肝《きも》になる。

今後研究が進んで実際企画を提出したら、いや、ひょっとしたら意見を聞いた時点であれこれ要望が出て重量が増えるだろう。だが今回の肝は重量の低減にこそある。やりとりは激烈になる気がする。

実際の交渉は誰かにやってもらおうと考えた。返事は明日書面で出します、では会議にならないだろうから。

取らぬ狸の皮算用。腕時計を見る。もういい時間だった。退勤しないといけない。

パナソニックのPCを片目に見ながらノートを閉じる。すると昼間のあれやこれやが心に去来した。駄目だ。私は駄目なんだという気持ちで席を立つ。歩く。それもこれも彼がいけない。彼がいなければ、私は自分が駄目だって気付かずにいられたろう。すくなくとももう少し年を取るまでは。

富士にかかる綺麗な夕雲が見える。目線を下げれば職員用の広い駐車場、私の車の前に彼がいる。私は咄嗟《とっさ》に隠れようとしたが隠れる場所がない。

仕方なく大股で車に寄った。何か言わなければ。昼間のお礼を言わなきゃ。

「なんでこんなところにいるんですか。気持ち悪いんですけど」

最悪だった。自分の口が私を裏切った。言った後で両手で口を押さえた。彼を見る。

「君の車だったのか」

彼は浮かぬ顔で言った。

「それが何か」

私は両手を口から離した。裏切ってよし。何よその態度。

「いや、なんでもない。大丈夫」

彼は時々感情を全部消したかのような表情になる。そういう表情になると、彼が彼であることを認識することも難しい。人間は表情から感情を読み取る生き物なのだろう。彼の行動は、私への拒絶に見えた。

彼は感情を消したまま歩き出す。私は追いかけた。追いかけながら口を開いた。

「気になるじゃないですか」

「気にしても始まらない。たぶん」

「説明してください」

「職務遂行上の機密だ」

「ほんとにそうですか。完全に？　完璧に、ほんの少しの隙もなく？」

私は追いかけながら言った。彼は立ち止まって私を見た。表情が、感情が戻った。苦い顔をしている。

「……まあ、今となっては珍しい車だったからちょっと見入ってしまったのは確かだ」

私はなぜだか心に重大なダメージを受けた。好きではないが曖昧な表現をするなら、胸の奥が痛んだ。いや、やはり心に重大なダメージを受けた。それ以外の表現のしようがない。

車に負けた。違う、私にはダメージを受ける理由がない。論理的に言っていまやるべきは昼間のお礼だ。いや、反撃だ。思いつく限りもっとも彼を傷つけるようなひどいことが言えたらいいのに。もう駄目だ。研究しないといけない。

心が混沌となっている。曖昧は嫌い。混沌は好き。でもこの混沌は好きじゃない。

私は精一杯の虚勢で胸を張った。

「そうですか」

車に乗り込んで発進させる。アクセルを思いっきり踏んでやろうかとも思ったが、やめた。自分の運動神経に自信がない。

そう、私は昔からそうだった。自分の口にも裏切られる程度の残念女。

コンビニでアイスだけを沢山買って帰った。なぜアイスかは自分でも分からない。夏だからかもしれないし、小さい頃あまり食べることが出来なかったからかもしれない。コンビニで誰かに声を掛けられた気もするが、確かなことは分からない。意味もなく走って階段を駆け上がり、部屋に戻って冷凍庫を開ける。アイスが一杯入っている。以前にも同じようなことをしでかしたのを思い出した。冷凍庫内でパズルをしてどうにかアイスを収納し、あぶれた三つを立て続けに食べた。頭が痛くなって部屋の中でのたうち回り、涙を流した。自分でもよく分からない涙だった。大人になったら泣かないものだと思っていた。もう大人を始めて一〇年なのに残念だ。

起き上がる。夕食はアイス。そう、これは実家では許されなかった貴族的行為。

私は買い置きのノートを取り出し、バッグからペンとカシオの関数電卓を取り出した。研究をしよう。

なんの研究かは分からないけれど。

気づけば外が明るくなり始めている。私は制服姿のままだった。今から寝て無事に起きられる自信はない。シャワーを浴びて着替えた。ノートを見ると一〇ページほど死ねと几帳面に一行に一五個二〇行書いていた。自分が病んでいる気がする。深夜のテンションは危険だと思う。

シャワーを浴びたら眠くなった。目覚ましを掛けて一時間寝た。時間通り目が醒めたのは目覚ましのせいではなく、お腹が空いたせい。意味もなく目覚まし時計の上面ボタンを何度か叩き、気合いを入れて起き上がった。

顔を洗うために洗面所に行き、鏡を見て目の下のクマに気付いて衝撃を受ける。休みたくなる。いや、PCのセットアップをしないといけない。自分で要求しておいて使わないというのは悪すぎる。

ふらふらになりながら車に乗り込む。この時間なのに車内はもう暑い。クーラーをつける。ラジオも。眠くてハンドルに額《ひたい》をぶつけた。駄目だ。私は徹夜が出来ない年齢になってしまった。年は取りたくない。出産限界年齢も近い。別に予定も展望もないが、バスが出ると言われると焦る。そんな気分。出勤したくないな。彼が私ではなく私の自動車を見ていたなんて最悪過ぎる。

駄目だ。だから私はアメリカのことを引きずりすぎている。窓を誰かが叩いている。彼だった。私は顔をあげて慌ててずれた眼鏡を直した。次に化粧していないことに気付いて両手で顔を隠した。彼は何かを喋っている。

私は横を向いて顔を隠しながらボタンを押して窓を開けた。

「なんですか。というか、なんでここに。私の車を好きにしても好き過ぎないですか」

横目で見る限り、彼は苦い顔をしている。

「いや、たまたまだよ。通勤しようとしたら君がふらふらと」

「二尉には関係ありません。ほっといてください」

「ほっといた結果、事故になりそうだから慌てて走ってきたんだ」

「家近くなんですか」

「たぶん。家の近くに黄色と黒の珍しい車があってね。昨日同じ車を駐車場で見かけてあれっと思ったんだよ」

「まあ、帰りに寄るコンビニもかぶるぐらいですから、近いんでしょうね」

私は不機嫌そうにあくびをしながら言った。あやまらないと。感謝しないと。でも眠いので後回しにしたい。今はたぶん、いつも通りにこの会話をたの……楽しむわけないじゃない。嘘、大嘘。今まで一度もこういう会話が楽しかったりしたことはありません。

肩を揺すられた。私は飛び起きた。

「だからなんだって言うんですか」

「眠いだろうから簡潔に言う。今日は家で休んだ方がいい」

「嫌です。絶対にいやです。死んでも嫌です」

彼は厳しい顔。

「交通事故で自分だけが死ぬと思うなよ」

「二尉には関係ありません」

「外でそう呼ぶなって言ってるだろう」

「じゃあ、なんて呼べばいいんですか。伊藤さんですか。信士《しんし》くんですか」

「どちらでも」

嫌がらせのつもりだったが、伊藤信士には通じてなさそう。私は唇を尖《とが》らせた。

「そんなこと言ってると本当にくん呼ばわりしますからね。信士くん、ああ信士くん、信士くん」

「五七五ではあるけれど。いいから、休め」

「嫌です。今日はPCセットアップがあります」

「じゃあ僕が運転する。君は助手席へ」

「何言ってるんですか。保険は？」

「そこのローソンで一日保険に入るよ。それでいいだろ」

「じゃあ」

なんだかよく分からないまま、私はシートベルトを外して横に移動した。軽自動車のベンチシートだから出来る芸当だ。信士くんは慣れた感じでシートに座り、シートポジションを変更している。サイドミラーやバックミラーの調整をし、車を走らせる。数百m先で止まる。私は半分眠りながら、おにぎり、おかか以外でと言った。彼の表情は見えなかった。

そこから先はよく覚えてない。前後不覚の眠り。ターボのエンジン音がうるさい車なのに熟睡してしまった。お陰で起こされたときの倦怠感《けんたい》がすごい。ふらふらする。

「やっぱり休んだ方が」

「PCセットアップしたら帰ります」

私は派手に身を起こしながら言った。膝の上のおにぎりに今更気付いた。髪をうまくひっつめていないせいか、頭の後ろで揺れている気がする。

「今日やらなきゃいけないことじゃないだろう」

彼はあきれている。あきれるのは私の方だ。

「せっかく用意してもらったのに、使わないのが嫌なんです」

そう言うと、彼は目をさまよわせた。

「そうか」

「そうです」

眠気が飛んだ。

私は意地でPCをセットアップした。マトラボという数学ソフトも注文すればよかったと思いながら、セットアップをしていく。

「セキュリティは大丈夫ですか」

心配なのかついてきた彼に尋ねる。一応の確認。この数年、敷地内で使えるPCにはサイバー戦部隊が作った専用のセキュリティソフトを入れることになっている。

「大丈夫。ネットに繋《つな》がっているかとセキュリティを一応確認してくれ」

「はい」

私は試しに中国のサイトの百度文庫にアクセスした。トヨタやホンダの機密文書が大量にアップされている。トヨタの機密文書は三年前が最新だが、ホンダは対策が遅れていまだに最新の機密文書がだだ漏れになっている。一〇年前から日本のほとんどの優良企業の機密文書はここで読めるようになっている。中国からの内部漏洩やハッキングによるものだ。違法だが、正規ルートからだと開示に時間がかかる情報も、ここからだと簡単に読める。大丈夫か日本という気になるが、便利な物は仕方ない。

どういう形であれ、中国と通信が発生するとすぐに確認が入ることになっている。驚かさないように私は信士くんに声をかけた。

「今、中国の百度文庫にアクセスしました」

内線が鳴った。私は電話を取ってアクセスの経緯を話しながら信士くんにうなずいた。

セキュリティは正常のようだ。

「ありがとうございます。正常のようです」

「それは良かった」

「これで色々調べられます」

「公的ルートを使うよりこっちのほうが早いというのはなんだかね」

とはいえ、便利な物は使うべきだ。というのが私の考えだ。情報漏洩《ろうえい》で失われている国益を考えるとぞっとするが、その一部をこうして取り戻していると思いたい。

防衛省の要素研究を拾い読みする。今回の研究テーマそのものに合致する先行研究はなくても、その要素となる研究はたくさんされている。それらを組み合わせて、今回の研究に用いる必要があった。

セットアップしていたら眠気がさめた。とはいえ、研究するほど元気があるわけではない。私はスケジュールを修正しながら今後の予定を考える。PCが使えるようになったことで、大いに時間短縮にはなるだろう。セットアップや今日の時間ロスを差し引いてもかなりの短縮だ。その分を割り振り直してより研究の品質をあげることが出来るだろう。スケジュールは守るものではなく動的に運用してつじつまを合わせるもの。防衛業界に入って理解したスケジュールの極意だ。

私は半分眠りながらおにぎりを食べ、夕方までスケジュールを練りながら、そして半分眠りながら時間を過ごした。三〇越えると徹夜が出来なくなるというのは嘘ではなかった。こうしてまた出来ないことが増えた。この年齢ではミニスカートも穿《は》けないし、水着も厳しい。水着は学校教育と、それ以外だと人生で何度か着たことがある。もう着られないと思うともっと着たいと思えるから不思議だ。なぜか人生に追い詰められている感が出てき
「そうですねえ」

て暗い気分になる。もう駄目だ。しかも今日の体調では、研究に逃げ込むことも出来ない。ただただ、自分が駄目なことを長時間にわたって確認するようなそんな気分になる。寝よう。寝るしかない。席を立つ。勤務時間は終わっている。壁に手を突きながら帰ろうとする。手を差しのばされる。

伊藤信士だった。私は髪を乱しながら彼の顔を眺めた。よくよく考えてみれば彼が全部悪いような気がする。彼が昼食に誘いに来なくて駐車場で口喧嘩したから私は調子を崩したのだ。私は睨んだ。彼は当惑している。

「いつからそこに」

「朝から。ずっと君の横に。そしてこの手は君が転ばないように伸ばしたものだ」

私は言葉に詰まった。自分の方が悪いのは分かっている。八つ当たりだということも。私は何かを言いかけて泣きそうになった。彼がなぜか傾いている。

「本当だ」

「疑っていません。帰りの運転を」

「分かった」

珍しく足音を立てて歩いている。右手と右足が同時に出ているような気もするが気のせいだろう。

彼に車を運転させて帰るのは気が引けたが、ともかく私は寝た。寝ようと思って寝たのではなく、いつの間にか景気よく寝た。どれくらい景気がいいかと言えば目が醒めたら朝だった。二日連続で制服姿で眠ってしまった。最悪だ。お腹空いた。ダイエットになったかもしれない。とりあえず冷蔵庫からアイスを取り出して食べた。朝食はアイス。いや、あとでちゃんとした朝食を買っていこう。

寝ていたのにどうしてドアの鍵をあけて部屋まで上がり込んで髪をとめる一〇個ほどのピンを抜いたのか。自信がない。彼が私を運んだのだろうか。いや、それはない。さすがの私も抱えられたら起きるだろう。それに私は軽くない。残念ながら。

三〇にもなってなんで顔を熱くしているんだか。アイスの袋で頬を冷やしながら、そんなことを考えた。

背筋を伸ばす。歯を磨く。アイスの後の歯磨きは最悪だった。お陰で変な考えから脱出出来た気がする。

車を運転し、綺麗に並ぶよう駐車場に止める。そういう風に指導されている。目立たぬように廊下を歩き、席に着く。相変わらずの一人部署。閑職というか罰ゲームの感じはまだするが、でも自由に研究できる。私にとってここに来たことは良いことのような気がする。

まあ、手助けする人もいたし。

仕事する。昼になる。夕方になる。彼は来ない。

約束した訳じゃないしね。昨日の今日で顔が合わせづらいから、丁度良い。今度こそ彼に会ったらお礼を言おう。決めた。そう決めた。口が勝手に反乱など起こさないように厳重に注意する。

家に帰る。翌日になる。翌々日になる。彼は来ない。

なんだか腹が立ってきた。いや。駄目だ。私は感謝すべきだ。論理的に。そう論理的に。機械的にお礼を言わなければ。

そう思ううちに一週間。私は日に何度も席を立って廊下の様子をうかがったりした。彼は来ない。研究だけは進む。研究の進捗《しんちょく》は現実逃避の回数に比例する。

ひょっとしたら私が困らない限り彼は姿を見せないのではないだろうか。そんな子供みたいなことを考えた。

ノートの一冊目が書き終わってしまった。

二冊目を下ろし、なんだか泣きそうになりながら重要な部分を書き写していく。研究だ。研究を進めるしかない。他に何が出来るんだろう。

ノートを転写して清書することはとてもいいことだ。パソコン上でのコピペ操作とは違って頭を使いながらやる作業だから見直しにもなる。時間はかかるが、間違いに気付くこともあれば新しい発見もある。書き写す過程でよりエレガントに昇華される。具体的には書くのが面倒くさくてうまい要約に変わっていく。雑多な書き殴りが清書されて理路整然として凝縮された考えに変わっていく。

人間の脳なんて大して覚えていられないものだ。だから見直すことはとても大切になる。

書き終わり、退勤する。アイスをたくさん買って家に帰る。冷凍庫を開けるとぎっしりとアイスが詰まっていた。そう言えばこの間も買った気がする。

ストレスがたまるたびにアイスを買うのはやめないといけない。ストレス？ 私のどこにストレスが？ 好きな研究してるじゃない。

今日の夕食もアイス。お腹が痛くなってトイレに行く。戻ってアイス最中を食べる。アイスをよく食べるせいか私は便秘に悩んだことがない。ベッドに倒れる。

お礼を言いそびれたことがこんなにダメージになるとは思わなかった。目をつむる。目を開ける。そうだ。彼にお礼を言わないといけない。今すぐに。さもなければ随分たって相手が忘れた頃にお礼を言うような残念な女になってしまう。

そう。だから連絡しないといけない。完璧な論理だ。

私は彼に会う方法を考えた。名前は知ってるが所属はよく分からない。留学先が同じだったから研究部門だとは思う。そうか、彼は普段相模原か富士の方にいるのかもしれない。富士学校じゃない、富士駐屯地の方。それなら不定期でしか顔を合わせないのも分かる。何でそれくらい私に教えないんだろう。私が聞かないせいか。親切そうで不親切な奴。

そんな不親切な人に連絡する必要はないわよね。そんなことを思ってアイスを買いに行こうと立ち上がった。いや、嘘。アイスはいっぱいあります。売れるくらいに。

アイス以外でもいいかもしれない。コンビニに行けば彼が立ち読みしている可能性がある。時計を見る。二〇時。ないか。そもそも今日も帰りがけにコンビニで雑誌コーナーを見ていたことを思い出した。駄目だ。全然駄目だ。小学生みたい。

ベッドに倒れ直す。明日の研究もはかどりそうだ。寝よう。

灯りを消して目をつぶる。しめしめ、今日は順調に眠ることが出来そうだと意識が遠のく。どれくらいの時間が経ったか分からないが不意に目が醒めた。飛び起きる。彼は名前を呼ばれることを嫌がっていたのかもしれない。それならそうと言って欲しかった。

時計を見る。二三時。バッグの中のほとんど使っていない携帯電話を見る。いっそ解約するかと思っていたが、いよいよこれを使うときが来た。満を持して携帯電話を見れば連絡先には実家しか登録されていない。そういえば私は彼の連絡先を知らなかった。彼と連絡先を交換した覚えもない。電話番号を知らないと連絡できないことすら忘れていた。

私はまた床に入った。もういい。私は研究に生きる女。


二ヶ月もすると研究も形になるもので、一人で出来ることはほとんどなくなってしまった。

プレゼンして、そしてそれから研究の審判を受ける。プレゼン先は私を追い出した元上司、いや、今も上司か。話をまともに聞いてくれるだろうか。まあ、聞いてくれなかったらそれまでだ。先のことは何も考えてないが仕事を辞めよう。もう未練も何もない。

私はお茶の自販機で溢《あふ》れた、コンビニの飲み物の種類の半分がお茶という静岡から脱出する。炭酸飲料の種類がたくさんある埼玉に帰る。

仮にプレゼン先が決まってその人がマシな人だとしても、なお問題は残る。私の口べた、あがり症だ。よくよく考えてみればこの研究、最初から無理だった。なんだ。

私は癖になった廊下観察をする。ほら、今日も来ない。

私は今困っている。だから彼は来るべきだと思う。バカみたい。何を私は考えているんだか。研究がない研究員はみじめだ。私は別の研究でもしようかと考えた。意味がないと分かっているのに？

私は背筋を伸ばした。退勤の時間だ。でも、ドアがノックされている。慌てて走る。派手に転んだ。ドアの方が勝手に開いた。

「凄い音がしたけど大丈夫かい」

彼だった。伊藤信士だった。私は自分の膝を何度か叩いた。

「大丈夫じゃない！」

「なんで自分の膝を叩いているんだ」

私は何事かを怒鳴った。

彼は不意に周囲を見るとドアを閉めた。目をさまよわせている。手を差し出した。私が手を取る前に彼は私の手を引っ張り上げた。

起こしてもらっておいて、私は小声で痛いと言った。彼はダメージを受けたように体を傾けた。

「すまない」

なぜだか涙が出た。これはそう、きっと無人島で人を見た気持ち。それ以外は認めない。

「そんなに痛いとは思わなかった。加減はした、本当だ」

「痛かったんだからね、痛かったんだからね。ほんとなんだから」

「分かってる、すまない」

本当に申し訳なさそうに彼は言った。私は彼の顔を何秒か見た後、背筋を伸ばした。

「帰ります」

また口が反乱を起こした。いや、反乱を起こすのも仕方ない。彼が来るのは遅すぎだ。

私は大股で歩いた。彼はついてくる。

「ああ、うん。そうだな脚は大丈夫かい」

「大丈夫です」

私は速度を上げながら言った。

「そうか」

彼は頭をかいて立ち止まった。私は五歩歩いて立ち止まる。振り返る。五歩が遠い。

「困ったことがあったら教えてくれ。手伝うから」

彼は静かに言った。私は彼を睨んだ。いつも私が悪いのは、よく分かっている。

「困ったことはあります。とても大きなことが」

「明日にでも聞かせてくれ」

私は持っていたバッグを床に叩きつけた。彼を見る。

「今日じゃ駄目ですか」

「え、あ。そうだな。嫌なことは早く済ませた方がいいか」

「私と話すことがそんなに嫌ですか！」

私は声を荒らげた。彼は二秒でバッグと私を持って部屋に戻った。私ごと壁に背を預け、両手で顔を覆っている。そのまま彼は床に座り込んだ。私も引きずられて壁際に座った。

手を伸ばして灯りをつけた。資料室にも窓はあるが、ブラインドが下ろされていて暗い。

「頼むよ。せっかく誤解解いたのに、また誤解されたらどうするんだ」

「どうだっていいです。そんなの」

アイスをより買うための大きな冷蔵庫が私には必要だ。

「組織という物はデリケートに扱うものだ」

「話題を変えないでください」

「変えてないだろう」

「じゃあ論点がずれています」

「なるほど、じゃあ論点はどこに？」

ちょっとした沈黙。私は目を右下に向けた後で口を開く。

「私と話すことがずっと嫌だったんですね。だったら最初からそう言えばいいのに」

「誰がそんなことを。君の方だろう、僕と話したくないと言ってるのは」

「いつどこで誰が何をなぜどのようにして」

「５Ｗ１Ｈか」

「茶化さないで」

「分かった、話を整理しよう」

彼は魔法のように手の中からＩＣレコーダーを取り出した。スイッチを押す。私と彼の声が聞こえる。

彼は数分前の会話を聞き終えた。同じく聞き終えた私は彼を睨んだ。

「僕は、嫌なことは早く済ませた方がいいかと言った」

「嫌なこととは私と話すことじゃないって言いたいんですか」

「当たり前だ」

「じゃあ、私と顔を合わせることが嫌なんですね」

「違うって」

彼としては珍しく言葉を荒らげた。

「じゃあ何ですか」

「君が誤解したように、僕も誤解をした」

彼の言葉に、私はしばらく考えた。私は彼を上目がちに見た。先ほどから頭が回らない。

「どういう？」

「君は僕と話すのが嫌いだと思った。だから」

彼はＩＣレコーダーを再生した。

〝え、あ。そうだな。嫌なことは早く済ませた方がいいか〟

「と言った」

「私が悪いと言うんですか」

「いや、この件は僕が悪い」

分かればいいんです。分かればと言おうとして、私の口は反乱を起こした。それに加えて目まで反乱を起こした。目は涙を流すし、口は何も言えなかった。

彼は重大なダメージを受けたようによろめいた後、私が泣き止むまで傍に佇《たたず》んでいた。

「研究がうまくいっていなかったとか」

「違います」

私は涙を拭きながらやっとそれだけを言った。

「そうだな。優秀だからな。君は。じゃあ」

抗議のうなり声をあげて彼の半袖シャツを引っ張った。涙を拭きながらなんとか喋ろうとする。

「変な推論はやめて力一杯黙っててください。あとどこかに行ったりしないで。ここにいてください」

「あ、うん。分かった」

何分後か、私はようやく泣き止んだ。気分も少し落ち着いた。泣くというのは落ち着くための重要な儀式だ。だが男はなぜか、それが分からない。彼もそうだ。

「そのままで、こっちを見ないで」

私はバッグから化粧道具を取り出した。薄いとはいえ、涙のせいで変な線になっている。私はコンパクトを取り出して化粧を直した。コンパクトの鏡が派手に割れている。見にくいといったらない。諦めて化粧落としで化粧を落とした。年に何回か、職場で臨時に化粧落としが必要な時がある。視察に来る人にお茶を出す時、あわせて化粧の濃さを変えるのだ。自衛隊に批判的な相手を応対するときには、化粧はないほうがいい。特に女性。

彼は立ち上がって部屋から背を向けてロダンの考える人が立像になったような感じで何事かを悩んでいる。きっとくだらない憶測だと、思った。

振り返ってもいいですと言ったつもりだったが、彼は背を向けたまま片手をあげた。

「そうか、じゃあ、また明日」

「もう一回最初から喧嘩しますか。またバッグ落としてコンパクト壊れたら弁償してもらいますから」

「今度はPCじゃなくてよかったよ」

彼は何かを思い出したように笑って言った。私はあえて怒った。

「三〇女の化粧品を安いと思ったら大間違いです」

「高くてもいいよ」

彼は何か付け加えて言ったが、私には聞こえなかった。私は私で別に主張したいことがある。

「本当に高いですからね。女が節約と口にする理由が分かりますからね」

「それでもだ。ただ、最初から喧嘩をやり直したくはない」

「私だって」

「よかった」

彼はほっとして言った。私は横を向いた。

机からノートを取り出した。彼に押しつけた。

「もういいです」

「研究は一人で出来るところは全部終わりました」

「凄いな。二ヶ月で？」

私は彼を睨んだ。彼は目を泳がせた。

「さすがだと言うべきだったかな」

「信士くんのせいじゃない」

「急がせたのならすまない」

「PCがあったんで早く進みました」

あと、来ない日が多かったので現実逃避が進みました、とは言ってやらない。彼はそれならばとか言って、きっと一年ぐらい来ない。もっと長いかもしれない。

「そうか。えーと、じゃあなんで泣きそうなんだ」

信士くんのせいじゃない！　と言いかけて、私は黙った。それが私のひどい独りよがりなのは、冷静になった今、よく分かっている。落ち着け、一人島流しされて弱気になっている。これはそう、吊り橋効果と呼ばれる心理効果。心細いと相手を必要とする心理だ。

私は彼の横に立って、壁を背にして下を見た。

彼は椅子が一個しかない机を見た後、床に座り込んだ。いや、座り込みしなおした。私も隣に座った。当たり前だがヘンな感じがする。

「でも、プレゼンが。機会もないし、私は口べただし」

私がそう言うと、彼は笑った。

「機会は僕の方で用意するよ。口べたって?」

「喋るのが苦手で、声も小さいし」

「英語で喋るのが苦手なのかと思ってた。あー、僕と喋るように喋ればいいじゃないか」

私は顔を赤くした。私は昔からこうです。

「それができたら苦労しません」

「家族には喋ることが出来るのかい?」

「プライベートにつきお答えしかねます」

口が反乱を起こした訳じゃない。答えたら彼を特別扱いしているように聞こえるので、隠しただけだ。

「そうか。まあ、えーと。プレゼンについては別の人をあてられるのかな。分かった、人選を」

「手伝ってくださいなんて言ってません」

「さっき口べたとか言ったじゃないか。それでうまくやれるのかい」

私は黙った。彼は私の顔を覗き込んでいる。

「迷惑はこれ以上かけられません。研究については諦めます」

「いや簡単に諦めないでも」

「いいんです。こんな組織なんか」

「こんな組織じゃないようにするために僕は働いている」

私は彼の顔を見た。その目は真剣そう。私は下を見た。

「二尉はどんなお仕事なんですか」

「国家機密につきお答えしかねます」

私は頬を膨らませた。彼は涼しい顔をしている。

「まあ、なんだ。ロボット戦車、どんな内容なのか聞いてもいいかな。ノート読みながら話を聞きたい。明日でもいいが」

「明日来るかどうかわからないじゃないですか」

「来るよ」

彼は確信を持って言った。でも私は、二割くらいは信じられない。

「でも、今日も少し説明します。明日も必ず来てください。朝から」

「分かった。なんなら送迎しようか？」

「え、まあ、はい。分かりました」

彼はなぜかぎこちなく傾いた。私は黙った。現実から裸足で逃げ出すように、眼鏡を指で押して説明をはじめた。

数分後、彼は腕を組んだ。

「安い戦闘ロボットか」

彼は神妙な顔をして言った。私は首を傾けた。それの何がひっかかるのか分からない。

「駄目ですか」

「いや、ロボットは高い物だと思ってたから」

そんなものだろうか。私は高価なロボットについて考えながら口を開いた。

「物によりますけど、量産数が同程度で軽くて部品点数がそんなに多くないなら、他と比べて高い理由はないと思います」

「ロボットという名前が価格を決める訳じゃない……そうか、そりゃそうだ」

彼は納得したようだった。

「価格を決めるのは機能や性能です。このロボットはそういう意味で機能は極限してますし、性能は高いといえません。だから安いんです」

そう補足すると、彼は腕を組んで考えた。

「基本的な質問で申し訳ないが、低機能ロボットは使えるのかい？　僕が兵士なら、低機能よりは高機能を望む」

「条件がなければ、そうですね。ただ実戦の場においても低機能で充分役目を果たすところは沢山あると思います。そこに高価、高機能なものを使うのはもったいないと考えています」

「こういう言い方は悪いが、普通科（歩兵）の人員より安いっていうのかい」

「はい。人命よりずっと安く、機械でも出来ることが出来ます」

「機械でも出来ることが出来るか。洒落《しゃれ》た言い回しだな。なるほど。……人間や戦車でも出来るけど、使うには惜しいところで使うロボットか。今までのロボットのイメージと随分違うな」

「そうですか。ええと、寿司ロボットとか、今では大抵の地方にもありますよね。他には組み立てロボットとか塗装ロボットもあります」

私の例えは彼の想像の枠外だったようだ。彼は目を開いて頭をかいた。

「あー。あれも一応ロボットだな。なるほど。寿司ロボットよりの自衛隊ロボットか」

「物凄くイメージの悪い言い方しますね」

「あ、いや、悪気はないんだ。なるほど。いいんじゃないか。よく分からないけど」

「よく分からないと言いましたね」

「専門外だ。まずはまあ、意見を聞きながら考えよう」

「私は口べたです」

「それの対処も考えないとな」

彼は床から立ち上がろうとした。私に手を伸ばした。

「本当に送迎いたしますが？」

「送迎だけです」

「分かってるとも」

私はそれで、助手席に座って帰った。研究をした甲斐《かい》があったのかもしれないと思ったのがくやしい。これは吊り橋効果。そう吊り橋効果。

夜の運転。彼は運転席で身じろぎしている。居心地が悪いらしい。

「嫌なら送迎するとか言わなきゃいいのに」

「また最初に戻って喧嘩するかい」

私は黙った。手を伸ばしてラジオをつけた。いつのまにか一九時のニュース。北朝鮮から続々と南方に脱出する人々を韓国がどう扱うか苦慮しているという話。北朝鮮からの警告がさらに激しさを増しており、今日は最後通牒《つうちょう》として外交ルートを通じて連絡したとのこと。

第二次朝鮮戦争がはじまるのかもしれないと思ったが、日本の国民の多くは勝手にやっていろと冷淡な反応を見せているという。この一〇年で日韓関係は極度に悪化し、国民感情もほとんどそれに同期している。

「戦争、はじまるのかもしれませんね」

「どうだろう。北朝鮮はいつもこうだといえなくもない」

「いいんですか。自衛官がそんな心構えで。日本にも影響あると思いますけど」

「僕は隣に乗っているお嬢さんの心配でいっぱいだよ」

「高度な嫌味ですか」

「いや、心の底からの本音だが」

暗くてよかったと思った。

家に帰ってアイスを食べて寝る。今日の夕食はアイス。おかげで冷凍庫に少しのスペースが出来た。新しい冷蔵庫を買わないでもいいかもしれない。

ベッドに倒れる。学生の頃を考える。実のところ彼が私を好き、だったのではなく、私が彼を好き、ということなのかもしれない。今もその余波を引きずっているのかも。だとしたら、キモイ。何年も会ってないのに再会して焼けぼっくいに火がつくなんてキモイ。何それ怖い。彼だってそう思うかもしれない。三〇女でずっと一人を引きずるなんて最低だ。だからうまくいかないんだ。何もかも。

でも今日は、少しだけうまくいった。

そう考えながら、寝た。コンビニに寄ってもらっておにぎりでも買えばよかった。

翌朝になる。アイスの食べ過ぎか三〇なのに顔にニキビがあった。最悪の気分だった。

出勤しようと階段を下りていたら彼が見えた。私は慌てて部屋に戻って洗面台の鏡を見た。ニキビはうまく隠せているだろうか心配になったのだ。深呼吸し、いつもよりずっときつめに髪をひっつめて階段を下り直す。颯爽として下りたかったが、どうも小走りだった気もする。

彼の顔を見てなんと言おうか考えた。

彼も困っている。上を見た。私を見た。

「送迎するというのが送り迎えという話なら今日送らないとと思って」

「解説はいいです。分かりましたお願いします」

運転も楽しいが助手席も悪い気分ではない、と思った。運転しているよりずっと周囲を見ることができるし。

「コンビニに寄るかい」

「お願いします」

「考えたんだが、僕がプレゼンしようか」

それは嬉しい申し入れだった。口べたにとって、こんなに嬉しい申し入れもなかなかない。

私の顔を、横目で彼が見ている。

「嬉しそうだね」

「前を見て運転してください」

彼は前を見た。私は横を向いた。信号待ち一回。私は背筋を伸ばして口を開いた。

「ありがとうございます」

「そんなにプレゼン嫌だったのかい」

「そ、それだけじゃありません。色々です。色々」

「どこからどこまでだろう」

「それはプライベートにつきお答えしかねます」

彼は眉を上げた後、静かに運転している。私はラジオをつけた。

ラジオではずっと音楽が流れている。

「問題は質疑応答だね。僕がそれまでやるとなると、かなり勉強しないといけない」

そんな迷惑はかけられない。

「それなら、研究は諦めます。今までお世話になりました」

「だから、なんでそういう風になるんだ」

私は黙った。何か喋ると口が反乱を起こしそうだ。窓の外を見る。他に何があるんだろう。

彼は難しい顔のまま口を開いた。

「僕が質疑応答までやるとなると、君は僕にかなり色々教える必要がある。教えてくれるかい」

「信士くんはなぜそんなに親切なの」

私は彼の横顔を見て言った。親切が過ぎる気がした。彼の顔は、表情を消している。

「国のためだ。誰かが国のために働かなければ、この国はすぐに悪くなる」

まあ、そうよね。目をつむる。背筋を伸ばす。国のためというのは正直よく分からないけれど、給料分は働きたい。そう、私は給料分働こうとする女。

「分かりました」

会話が途切れた。私は窓の外を見続ける。回答が自分の好みでなかったからといって急に黙るのは卑怯だ。何か話題を探さないといけない。

「一人で出来ることは全部終わってるつもりです」

「それは昨日聞いたよ。プレゼンして、現場の意見を聞いて形にまとめないとな」

「プレゼン、そもそも出来るんですか」

私は根本的なことを尋ねた。プレゼンの機会を作ること自体が難しい。そんな気がする。

「誤解を解いた、君の上司はそれを納得した。納得した以上はそれを公《おおやけ》に示さないといけない。それが取引だ。そこでプレゼンを嫌がったりすると、取引の反故《ほご》ということになる」

「取引……ですか」

「大したことじゃない」

飲み会の代金を立て替えたとか、そういうのだろうか。

「なるほど。でも、なんでしょう。プレゼンは嫌がらないけどなんだかんだで理由をつけてくるとか」

「いいね。その通りだ」

「はあ」

じゃあ、駄目じゃないですかと言いかけて、私は彼の横顔を見た。彼の横顔は駄目じゃなさそうなので、黙って言葉の続きを待つ。

「大丈夫。対応も対処も難しくない。感情の問題には利益供与で対処する。些細《ささい》なしこりは利益で洗い流すのが一番だ」

「物凄く悪い顔をしています」

彼は反論するように難しい顔をした後、続いて可愛い顔をして口を開いた。

「まあ、君のアイデアが優れていれば、そのアイデアは組織や、それを認めた上司の利益になる。大切なのは利益を計算するチャンスを与えることと、計算を間違えないように手伝ってやることだ」

「丸め込むって言いません？」

「専門用語では誘導って言うね」

私の隣の人は、得体のしれない人だ。そんなことを思った。

得体のしれないというか、意地悪な人なのかもしれない。私には親切なんだけど。いや、私に親切なんじゃなくて、国にだけ親切なのか。私はついで。あるいは国益にかなうから私に親切。

それでもいいと思う。なんでそう思うのかは分からないけれど。

職場に着いて彼と一緒に元資料室、現私のオフィスに。椅子が一個しかないのが不便だ。とはいえ、どちらかが机の上に座るというのも、不謹慎な気がする。

私が考える間に彼は床に座った。昨日のノートを見ている。

私も床に座った。彼がこっちを見ている。

「君は椅子でいいんじゃないか」

「視線的に気になります」

彼は考えた後、赤面した。

「ああ、そうか。すまない。あー、ということで僕に教えてくれないか。君のおしりが痛くならないように凄い速度で覚えるけど、半日、一日はかかるかもしれない」

「それくらいですむとは思えませんが」

「そうかな。とにかく急ぎはするから我慢してくれ」

「別に……」

そんなに急がなくてもいいじゃないですかと言いかけて、私は黙った。彼がしゃべり出している。

「とりあえず成果としてこの部屋に僕が座る椅子が欲しいしね。そのためにプレゼンを早期に成功させよう」

私は赤面した。ニキビが気になる。夕食にアイスはやめよう。そうしよう。たとえ彼が国益のために動いているのだとしても。それでもだ。


それで、説明を始めた。伊藤信士という人物は得体がしれないというよりは、時にとても優秀で、一方でどうしようもなく素人だ。ロボットどころか工学全般に無知で、時に自衛隊にも無知だった。それでいて私の説明を砂が水を吸うように一瞬で覚えて、一を聞いて十を知るように細部まで理解して時に不備を指摘してみせた。

頭がいいとはこういう人だなと感心する。知識があるのとは別の賢さだ。別次元の賢さといえた。

彼が言う凄い速度は嘘じゃなかった。彼は丸一日で私の研究の概要を自分のものにした。

「すごい」

私がそう言うと、彼は不思議そうな顔をしている。

「信士くんは飲み込みが早いですね。あっという間に理解して」

「真似だけさ。真の独創性を得ているわけでもなんでもない」

「それでも、すごいです。役者さんみたい、いろんなことが出来そう」

「そうかもしれないが、僕は色々出来ない君こそ希少価値があると思うよ。君は国の宝だ」

不意の褒め言葉と思われるものに、私は赤面した。眼鏡を取って手で目を隠した。私の視線があっちこっちを彷徨《さまよ》っている。

「不思議な行動だね」

「ほっといてください」

「そろそろ帰るかい？」

「あ、はい」

「プレゼンの準備はそうだな、二日もあれば出来る。一週間以内には開催できると思う。手元用資料は用意出来るかな」

「出来ます。紙ベースですね」

「うん」

いまだに会議では紙の資料が使われている。他の官公庁ではどうなんだろうと思うが、よく分からない。

彼は先に立ち上がって自然に私の方に手を伸ばした。私はうっかりその手を取った。

「やっぱり君は床に座らない方がいいんじゃないか」

「どうしてですか」

「尻が冷たい気がする」

「私はそんなことは」

職場で尻について男性と話すのは初めてだと思いつつ、一緒に元資料室を出る。単に仕事の関係で一緒に帰るだけだと思うのだが、私にはなかなか刺激が強いように感じた。

一緒に車に乗る。私はラジオをつける。

一日助手席に座っていたら、自分で運転するより彼に運転してもらう方がずっといいなどと思うようになってしまった。駄目だ。私は。

外はもう真っ暗。夏至を過ぎて日が落ちるのが少しずつ早くなっている。蟬《せみ》はもう啼《な》いていない。

ラジオではニュースをやっている。

〝北朝鮮は国境線に軍隊を集結させる一方、不法な出国者を受け入れないよう、韓国に呼びかけ続けています〟

軍隊を集結させるというのは穏やかな話ではない。私は戦争がはじまるのかなとそう思った。朝鮮半島での戦いは対岸の火事というほど遠くない。火の粉が届く距離だ。私は信士くんを見た。彼は落ち着いた様子だ。

「戦争、はじまるかもしれませんね」

「数年おきに出てくる話ではあるね。でもまあ、二〇一五年でも何も起きなかったから」

「二〇一五年に何かあったんですか」

思わず尋ねた。その頃、私は学生。どんなことがあったのかよく知らない。信士くんは運転しながら優しく口を開いた。

「米軍が韓国から撤退したことは知っているよね。急に、ってわけじゃなくて二〇一二年には決まっていたことだったんだが、まあ韓国が指揮権を主張して米軍が指揮権を握ることが難しくなってね。で、撤退と」

「韓国は自力で国を守れるんですか」

「装備や能力の上からは、たぶん。敵が北朝鮮ならという条件付きだが。それに米軍も撤退はしたが喧嘩別れしたというほどではない。いやまあ、内心はともかく、大陸への影響力を残しておこうという算段のもと、いつでも援軍を出せるようにしている。日本からね」

「集団的自衛権で日本も動員される可能性があるんじゃないですか」

数年前、日本の憲法解釈は集団的自衛権を認めるものに変わった。実質的な改憲だった。ことの是非はともかく、今の日本は軍事的な制約はほとんど他国並みにまで緩められている。

信士くんは集団的自衛権ねえと言った後、首を少し振った。

「ない。と思う。少なくとも韓国の国民は拒絶するだろう。我が国でもあの国を助ける意味があるのかとか、そういうレベルの議論になってしまう。難しいだろうね」

それがいいんだか悪いんだか分からないが、自衛隊の軍隊としての不殺記録はもう少しだけ伸びそうだ。私は信士くんを見た。大丈夫とは思うが、彼が戦争にいかないでよかったと思った。ついでに父も。父は来年退官予定だ。

「よかった」

「どうかな。分からない。まあ、今回は君が作った物は間に合わないと思うけど、次は間に合うといいね」

「次があるような言い方ですね」

「残念ながら毎年の恒例行事だ。次もあるよ。必ずね」

「戦争は起きないのが一番です」

私は信士くんが戦場に行くのは嫌だなと思いながら言った。彼も技術職だろうからそんなことはないと思うが、本土に攻撃が加えられる可能性だってある。

「ああいや、それはそうなんだけど。戦争を起こさないための戦力っていうのがね」

「抑止力ですか」

「そうだね。平和というのは戦力の均衡状態だ。思想が平和を生み出すわけでも、戦争を起こすわけでもない。思想を理由に戦争するやつらは後を絶たないが、実際はまあ同じ宗教、人種でも戦争は起きる。戦力が均衡していなければどこでも起きる」

「私のロボットは抑止力になるんでしょうか」

そんなことを全然考えていなかったから、私は信士くんに尋ねてみた。彼は運転しながら優しく言う。

「どうだろう。抑止力は相手がどう思うか次第だ。過大評価してくれても働くし、逆に過小評価されればどんなに強い兵器でも抑止力にはならない。秘密兵器もそうだね。戦時中は存在を秘匿された大和級もそんな感じだ。抑止力にはならない。戦争が始まった後に兵器が完成しても無理だね。最初の核兵器がそうさ。これも抑止力にはならなかった。抑止力として機能したのはその後からだ。今の段階ではこの兵器がどう使われるかはわからない」

私が黙っていると彼は頭をかいた。

「まあ、ごめん。君の兵器は平和の役に立つよと言いたかったんだが、うまいこと理屈をつけられなかった。自分で抑止力の話をしといてごめん」

「いえ」

彼の親切はよく分かったので、私はそれだけを言った。猛暑のニュースを聞き流しながら想いは自分の研究に跳んでいる。

専門外ではあるが抑止力をどう効率的に発生させるかの研究は楽しそうだと、私の駄目な研究脳がいっている。不謹慎だと思うが、研究としては面白そう。

一方で今私が研究する兵器が抑止力になるかどうかは分からない。最初からそんなことを考えていなかったのだから当然だ。結果として抑止力になることはあるだろうが、現段階では積極的に抑止力を形成するものでもない。

当然といえば当然の話。そもそも私はそんなに大きなことを考えていない。目指すのは役立つ兵器。役に立てば味方の死者も減るだろう。その程度だ。

もちろんうまく使えば結果として敵の被害も減らすことが出来るだろう。現実では大勝ほど敵の被害も少なく、辛勝ほど敵の被害も大きい。大活躍出来ればその先の戦争を抑止する力にだってなれるかもしれない。

思えば私が戦争やその抑止に寄与する率なんて、全部がうまくいっても本当にほんのちょっとなのだ。使う人たちや製造する人たち、要素研究し、設計する人たち、一個の兵器に限っても、沢山の人が関わっている。

「大丈夫。戦争にならないように皆努力しているよ。今回戦争が起きても誰も得しないからね」

彼はそう言った。私はそうですねと答えた。そうだ。コンビニに寄ってもらおう。夕食にアイスを食べるのはやめよう。世界平和とは関係なしに。

「あの、コンビニに寄ってもらえますか」

「分かった」

夕食は冷凍のうどんにした。温めるくらいなら私にでも出来る。彼はコンビニの弁当を買っていた。私もひどいが彼の食生活も大概らしい。説教できないのが残念だ。

翌日には信士くんはあっという間に仕事をやってのけた。本当にプレゼンの機会を用意したのだった。彼は何者なんだろうと思いつつ、自分のコミュニケーション能力を悲観した方がいいのかもしれないとも思った。

実際はどうかな。事実は中間かもしれない。彼は交渉に優れていて、私は苦手すぎるのかも。でも、それにしたって彼からすれば部署的に筋違いの話を、よくもまとめてきたものだ。

最初のプレゼンは元上司というか今も一応上司の人物相手だった。私は行きがかり上彼が苦手だったから、いきなり難関が来たという感じだ。信士くんが付き添いで来なかったら、そもそもちゃんと対面できたか怪しい。

プレゼンは煤《すす》けた会議室だった。綺麗に掃除はしてあるのだが、長年の使用で古ぼけるのは仕方ない。どこもこんな感じだ。自衛隊の予算は建物にはかけられていない。

上司はちょっと遅れてやってきた。私は緊張した。上司は私を一瞥《いちべつ》しただけで、何も言わなかった。

「今日はわざわざありがとうございます」

隣の信士くんが、にこやかにそう言う。上司は渋い顔で頷いたが、言葉はない。

雰囲気からしてもう駄目だ。もう少しだけ送迎してもらいたかった気はする。目線を落としたその先で、耳に信士くんの声が聞こえてくる。

「彼女の口べたは大変なものです。病気といってもよいかもしれません」

彼はそんなことを言い始めた。その通りだと思うのだが、彼にそう言われるのは悲しい。泣きそう。下を見たまま会話を聞き流しているとつま先を軽く蹴られた。背筋を伸ばした。

信士くんはわざとらしいため息。

「まあ、こういう感じです」

「うん」

久しぶりに聞いた上司の言葉はそれだった。信士くんは笑いを納めて真顔になる。

「ところが、研究人員としては結構見るべきところがあるように思います」

「君たちにとって、か?」

「我々にとって、ですよ。三佐」

信士くんは人の好《よ》さそうな悪い人の顔をしてそう言った。上司は警戒すると思ったが、思ったよりずっと優しい顔をしている。それどころか、ちょっと笑った。

信士くんは言葉を続ける。

「彼女を見ていると、天は二物を与えずという言葉を思い起こします。それも何度も」

上司は少し驚いた後、口を開いた。

「そうか、いや、翻訳や資料作りは今までも良くできたようだが」

それは褒め言葉なんだろうかと思ったが、信士くんは我が意を得たりという感じで頷いている。

「そうなんですよ。三佐の評定を見て、ひょっとしたらと思って手伝ってもらってたんですが。これが大当たり」

その言葉を聞いて上司はまた少し笑った。一方私は混乱した。彼が私を手伝ったことはあっても、私が信士くんを手伝った覚えはない。どういうこと。

「君のところで引き取るというのなら、上と相談しよう。私も進言する」

「ありがとうございます。正直、それも考えたんですが、ただ彼女があまりに優秀すぎまして、黙って持っていくのも悪いと思いました」

「そんなにか」

「そうなんです」

信士くんはちらりと私の作成した紙の資料を上司の方に滑らせた。受け取る上司。

「ここ数年でこういうものを熱望する政治家は増えそうです」

「陸上無人機か……」

上司は私の資料に目を通し始めた。今はコンセプトが書かれたページを見ているよう。

「確かに政治家は飛びつきそうだな。そういう意味で君のところが評価するのも分かる気はする。だが、現場はどうだろう。どんなものを欲しがることやら」

「そうですね。まったくその通り。ですが、戦争が現実味を帯びて何か騒ぎ出してきたとき、彼ら政治家が素人らしく、秘密兵器待望論に浮かされたとき、あらかじめ持っていた検討結果を出すのはとても大切なことだと思っています」

「なるほど」

上司は何かを考えているというより、計算しているよう。

「確かに。防衛大綱で陸自を冷遇しておいて、いざという時になりはじめるとネットで騒がれたバカみたいな内容を偉そうに持ってくる与党政治家が増えているからな。こうして検討している資料を出せば……」

「最低でも防御にはなります」

笑顔で信士くんは言った。

「最低でも、か。まあ、先んじて出せば別の効果もあり得る。なるほど。どちらにしても悪くないというわけか」

上司は深い笑みを浮かべて言う。それにしてもどちらにしても、とはどういうことだろう。研究が失敗したら政治家除《よ》けに、研究が成功したら政治的武器にということだろうか。

信士くんは私のことなど素知らぬ顔で笑顔を浮かべている。

「もちろん、現実的に役立つことがあれば最高ですが」

上司は笑った。人の悪い笑み。

「確かに。そういう意味でこの研究はとてもいいものかもしれない。だが致命的欠陥がある」

「いいですね。教えてください。彼女は優秀だが、もちろん万能じゃない」

「そうだろうな。この研究は面白いが、実際作るメーカーがどう言うかは未知数だ。根回しも非公式の相談もしてないだろう？　うん？」

上司は得意気にそう言った。私は今のこの段階にいたるまでまったく具体的な性能や使い勝手の話が出てこないことにちょっと衝撃を受けた。私が何か文句を言ってやろうと頭の中で作文する間に信士くんが嬉しそうに笑っている。我が意を得たりというように。

「そうなんですよ。確かにその通りです」

「彼女では無理だろうな」

「はい」

「君たちでも無理だ」

「そもそも越権です」

「分かった」

上司はにやりと笑ってうなずいた。

「この件は私が預かるでいいかね。悪いようにはしない」

「ありがとうございます」

「行きがかり上、伊藤くんも最後まで絡んでいた方がいいだろう。どうだろう、彼女の世話を今後も続けるというのは」

「うちの手伝いを、たまに彼女にお願いできればと思います。空いている時だけでいいんで」

「分かった。彼女は大変に有能な人物だが、どうにかしよう」

「ありがとうございます」

「藤崎くんにも悪いことをした。ほとぼりがさめてからと思っていたが、ちょっと色々早くなってしまった。まあでも私はともかく、口べたは今後も君の足を引っ張り続ける。一緒に直していこう」

信士くんが机の下で私の手を握って不意に引っ張った。私の頭が下がった。顔は真っ赤だ。上司はそれで満足して去っていった。

去った後で私は口をわなかせた。

有能な人物！

ほとぼり！

色々早く！

私はともかく！！！

思い出すのも腹が立ついろんな暴言を吐いて上司は去っていった。私はうまく悪口が出ないのでノートを取り出した。ノート一冊書ききってやる。ああもう、許せない。何が許せないって研究をなんだと思ってるんだ。

不意に頭を撫でられた。私は撫でた信士くんを睨んだ。睨んだ後で目を横にやった。彼には怒りはなかった。うまく会話しているなあとは、思ったけれども。

「怒ったかい」

「あ。いえ、でも」

頭を撫でることについて語る前に、彼は口を開いている。

「あれで好意的に振る舞っているんだよ」

「はあ」

毒気が抜かれたように口から息がもれた。彼は頭をかいている。

「まあ、今頃部下に見せて評価させていると思うよ。彼自身は僕の言葉にのってフレンドリーに振る舞いつつ、この研究がそんなにいいものか思案するんだと思う」

「さっき研究の話なんか、全然していませんでした」

「だから、部下に全部投げていると思うよ。今からね」

「管理職の意味は」

「彼の場合はメーカーとの親密なつきあいが管理職の仕事のつもりなんだろう。つまりまあ、最後のあれは自分の有用性のアピールだ」

私は黙った。癒着の自慢かと思った。彼は分かっているという顔をしている。

「いずれにせよ。この段階ではまあまあだよ」

「そう信士くんが言うならそうなんでしょうけど」

「大丈夫。ああいうのと付き合うのは僕が担当するから」

彼は笑って言った。なんて頼りになる言葉なんだろうと思ったが、一方で物凄く悪い気がした。視線を送ると彼は彼で何か言いたそうな顔をしている。

「……お先にどうぞ」

そう言うと彼はため息をついた後で頭を下げた。

「よかれと思って手を引っ張ったりつま先を蹴ったり散々なことをした。すまない」

なんだ、そんなことか。私は思わず笑った。なぜか彼が傾いている。

「なんでそこで傾きますか」

「いや、なんでもない。石に蹴躓《けつまず》いた」

「座っているのにですか」

「たまに。そっちは？」

「あ、うん。あんな人の相手をまかせて悪いなあって」

今だ。この流れなら、口も反乱しないだろう。

「い、いつもありがとう。ごめんね。ありがとう」

彼はまた傾いた。顔が赤い。

「君にこんなにお礼を言われるとは思ってなかった」

「ごめん……。い、いつもお礼を言おうとは思っていたのよ。ほんとよ」

彼はわざとらしく席を立った。

「ああ、うん。分かった」

そして席に座った。

「今のは？」

「なかなか恥ずかしい」

「信士くんが、なぜ？」

「分からない。恥ずかしいものは恥ずかしい」

スマートな彼にしては珍しいことだ。まあ、顔は整っているが影の薄い彼のこと、お礼を言われるのは珍しいのかもしれない。

「足音を立てるようにしたらどうかな」

「なんで足音なんだい」

「いや、だから、もっと存在感を示すと、たくさんお礼を言われるかもって」

彼は苦笑した。頭を振った。

「お礼を言われるために仕事しているんじゃない。それに、本当に助けられた人は、お礼の言葉なんかとても言えない状況だよ。さっきまで命の危険にさらされていたんだからね」

「私は命の危険になんかさらされていません」

「まあそうなんだけど、一般論としてね」

この人の一般論は随分一般とずれているように思える。私は彼の弱点を見つけたような気になって少し笑った。私は駄目な人間なので、信士くんの弱点を見つけるのは嬉しい。身近になった気がするから。

「これからどうすれば？」

私がそう尋ねると、彼は目を右下にやったあと、口を開いた。

「そうだな。数日で結果が出るだろう。どんな評価がされるかで変わる気はする」

「研究の内容には自信があります。ただ、評価がどうなるかは分かりません」

「織畑氏は部下に投げる。これ見といてくれ、くらいかな。その次は、どう思う？　かな」

私の元上司の名前をあげて、信士くんは言った。いや、今も上司か。仕えている気はこれっぽっちもないけれど。私は信士くんの物真似が面白くて少し笑った。

「あー。確かにそんなことよく言っていました。どういう意図なのかみんな困っていました」

「となると意図不明の状況で君の元同僚がどう答えるかだね」

「中立的に当たり障りのないことを他人事のように答えると思います。手持ちの仕事は沢山ありますし、上司の考えなんて分かりませんし、巻き込まれたくないから」

「エリートの集団なのにな」

「エリートでも変な上司に絡まれたくはないです。あの人、制服組なんで数年すれば部署替わりますし」

私達研究職と違って幹部自衛官は人にもよるがおおよそ三年で転属することになっている。待っていれば条件が変わるので、よほど好感がもてる人物でない限り、部下は当たり障りのない応対をするのが常だった。私の元上司は、好感がもてない方だからなおさら当たり障りがない応対をされるだろう。

「転がる石にコケはつかない。コケがつかないのは良いことだ。ということで転属をするようになってるんだが、その話を聞くと問題も多いな」

信士くんは苦笑している。彼も制服組なので思うところはあるらしい。私はその顔を見ながら疑問を口にした。転がる石にコケはつかないというのは、イギリスでは石の上にも三年という意味だったはず。

「コケというのは癒着ですか」

「人情などのしがらみもそうだね。まあ、うん。分かった。となると、プレゼンは次の段階にいきそうだね」

アメリカでは逆の意味でローリングストーンは必ずしも悪いものではない。むしろ常に新しいという意味だと信士くんは私に言った。なるほど。そういうものかもしれない。

頷いた後、本題に戻る。次を考えないといけない。別に今のままでも不満はないが、まあでも、研究が前に進むのは嬉しい。

「次ですか」

「現場とのやりとりだね」

「今度はまともに内容を話し合えるといいなあ」

「大丈夫だよ。うん。少なくとも命が懸かっている。懸かっているからこそ、保守的だとは思うが」

「そうですね。でも、大丈夫です」

私の言葉に、彼は笑った。

「本当に自信があるようでなによりだ」

「信士くんが手伝ってくれるからです」

「あー。うん」

彼は傾いた。そのまま立ち上がった。

「送りますが？」

「ここのところ毎日なんだから、あえて言わないでもいいじゃないですか」

そう言って、送ってもらった。コンビニで鍋焼きうどんと夏でも売っている静岡おでんを買い、家に帰って食べた。

いつもコンビニの弁当を食べる信士くんに何か食べさせたいと思うが、料理をしたことがない。三〇からの自炊という言葉が頭に浮かび、その実現可能性について検討するが、コンビニ弁当よりは素人の作った物の方が美味しい気がする。気のせいかもしれないけど。

考えながら新しいノートを取り出す。今日はこのノートに上司の悪口を無限に書こうと思う。思うが、バカらしくなってやめた。それよりは三〇からの自炊の現実性について検討した方がずっといい。ベッドに寝転んだまま携帯をいじって三〇からの自炊について検索する。同じように悩んでいる男の人が多いことにびっくりしつつ、調べていけば自分でもいけるような気がした。それというのも料理は厨房の科学という一文を見たからだった。科学なら私にもなんとか出来るかもしれない。

携帯を放り投げる。私は何をわくわくしているんだろう。私はバカだ。便宜上、手を握られたからって、それがどうしたっていうんだろう。

私は落ち着こうと天井を見た。自分が恋愛しているような気がしてきた。信士くんも私のことを嫌ってなさそうだと、今日初めて気付いた。傾いていたのは照れていたからと思えばつじつまが合うからだ。

いや。いや。頭を振る。私はそんなに運が良くない。それに防衛省と自衛隊でつくづく分かったことがある。いい男から順に売り切れる。

影は薄いとはいえ、信士くんは最初の方に売り切れていてもおかしくはない。おかしくはないが、そう考えるとショックだ。駄目だ、落ち着け。

私は一人でベッドの上を転げ回った。不意に起き上がった。自分がバカみたいだと思ったのだった。いや、バカだ。こういう楽しいことなら一〇代のうちにでも経験しておけばよかった。いや、無理。そんな風に人と喋ることが出来たらもうそれは私ではない。落ち着こう。研究も実験もうまくいったと思うときが一番危ない。

ベッドの上に転がっている携帯電話を見る。実家に電話をかけようかと考える。最近全然話していない。少し後ろめたいことがあると親に電話などかけられないものだ。時計を見る。二一時。まだ寝ていないだろう。

私は電話をかけた。父が出たらすぐ切ろうと思った。呼び出し音が続く。繋がった。

「はい。藤崎です」

「あ、お母さん？」

「あら、久しぶり。仕事はどう？　体調は？」

母でよかったと思いながら、私は口を開いた。

「体調は普通。体重は下がったかな」

「大学時代に太った分くらい解消した？」

大学時代、研究室に住んでいた頃は体重が増えて困ったものだ。今はそうじゃない。アイスの夕食や食べない日も多かったから。どちらも不健康かと苦笑い。

「どうかなあ。高校時代くらいには戻った気はするけど」

「よかったじゃない。本にしたら売れるかもよ」

売れません。そんなことを思いながらどう本題を切り出すか考える。

「あの、それでねお母さん。料理の方法とか教えてくれない。あと、スキンケアとか」

電話の向こうで派手な音がした。

「いやあの、そういうことじゃないから。大丈夫？」

「ああ、うん。そうよね。トンカツの作り方？」

「それはいいから。私でも出来そうで美味しそうなやつ」

電話の向こうで派手な音がした。

「だから、そういうことじゃないって」

　母はため息。娘の無知をたしなめるよう。

「いい？　楽に美味しいものは作れないの。原材料が同じなら手間と味は比例するのよ」

　母は理系ではないが理系が苦手なわけでもない。だからそんなことも言う。私は笑った。

「科学的でよかった。センスとか言われたらどうしようかと思った。工作時間は長くかかるのでもいいわ。工作精度が低くてもよさそうなのがいいの。あと美味しければ」

「綾乃……お料理は工作と違うわ」

「同じよ。お母さん。ナットやボルトが包丁やおたまになっているだけ。油は両方使うわ。組成は違うけど」

「料理は適当でいいのよ。あなた適当はだいっ嫌いでしょう」

「見解の相違よ。適当は嫌いだけど混沌は……もういいから美味しいレシピを教えて」

「ずばり、男次第ね」

「……だから違うから」

「いつもと嫌がり方が違うわ」

　母はするどい。私は目だけを動かして右下を見て、上を見た後、なるべく冷静を装って口を開いた。

「考えたこともないなあ。私が食べるなら？」

「あなたが食べるならトンカツがいいんじゃない？　油は人を幸せにするわ。豚にもするけど」

「名言だとは思うけど……」

「お父さんも油物好きなのよ」

私は目をさまよわせた。父も分類上は自衛官で男性だ。

「そう、じゃ、じゃあトンカツで」

「……やっぱり男か」

「父の日という可能性はないんですか」

「父の日ならもう過ぎてるでしょ」

「まあ、ええと、また電話するね」

「明日はお父さんと観劇なの。だから今レシピ教えるから。書くものある？」

「あ、うん」

私は元上司の悪口を書くためのノートを取り出した。まあ、悪口よりはトンカツのレシピの方がずっと良い物だろう。

私はメモを取って、満足して寝た。夢に見たのはうどんの上にトンカツを乗せた料理だった。うどんの食べ過ぎかもしれない。

第二章　プライベートのあれこれ

私が今週末に料理道具を集めよう、と画策しているうちに、色々な話がついたようだった。

ようだったというのは、信士くんがあれこれ全部手配してくれたせいに他ならない。

私はただ、頷《うなず》くだけでよかった。そうしていたら、金曜の午後に会議が入った。

会議室は今回も同じだった。折りたたみ机に少しはまともそうな椅子を並べてセッティングした。

緊張してノートパソコンを楯に隠れている間に、出席者達が次々やってきた。

今日の会議の出席者は、一見して運用研究している人達のようだった。雰囲気はデスクワークなのに、日焼けや視線は明らかに現場の人という感じだ。元同僚も一人いる。実直な人だ。

良くも悪くも技術的かつ実用的で、まともな話になるだろうと、私はどこかほっとした。自分で上層部や政治向けの装備を研究しておいてなんだが、最終的には現場の役に立つ物を作りたいと思っている。

今日の私も例によって参加だけ。たぶんまあ、口を開いても逆効果なだけだろう。一応私が口を出す際は信士くんにメールを出して意見を代弁してもらうことになっている。信士くんもノートパソコンを持ち込んでいた。

彼はにこやかに笑って出席者達と歓談している。知らない人と親しげに話すなんてすごい。

元上司が少し離れた席に座って頷く。いー、と口を引っ張って返事したいが、そう思っている間に会議が始まった。信士くんが立ち上がって微笑んでいる。

「みなさんお集まりいただきありがとうございます」

「どんな提案だい?」

型どおりの挨拶が終わる前に口を開いたのは普通科の一尉だった。まだ若い。三〇歳くらいだろうか。信士くんも同じくらいの年齢だから本当は一尉になっていてもおかしくないが、なぜだろうとそのとき初めて思った。不祥事をおこしたようにはとても見えない。

「戦闘用無人ロボットです。大量生産、大量調達を想定しています」

信士くんの発言に、元上司以外が驚いた顔をした。

「どこにそんな予算があるんだ」

機甲科の一尉が代表して口を開く。機甲科というのは戦車や偵察車などを扱う部門のこと。こちらは三〇代後半といった風情。年齢と階級から見てエリートではなさそうだが有能そうだ。

「説明します。基本的には一ページ目にあるとおりです。このロボットは安いのです」

「ロボットなのに？」

「ロボットだからです」

信士くんは余裕たっぷりに言って笑った。

「日本の産業用ロボット業界は自動車の組み立てや塗装といった分野で発展し、徐々に仕事を増やしていきました。一九八〇年代から、ずっとです。二〇〇〇年代に入るとそれが一巡し、産業用ロボット業界は新たな分野に参入しました。アミューズメントや食品加工。寿司ロボットが本格的に普及したのもこの頃からです」

皆がどっと笑った。なぜ笑うのか。

「前線で寿司でも作って配るのかい」

機甲科の人が言った。信士くんは笑っている。

「いえ。ロボットが高いというイメージを改めて欲しいのです。ロボットの生産がだぶつき気味とはいえ、日本全国にある回転寿司チェーン、その小さな店舗にも設置されている事実を重く見てください。つまりはこうです。人間より安い」

「歩兵の代わりか？」

普通科の人が日に焼けた額を叩きながら眉をひそめている。私は首を縮める。信士くんは柔らかく口を開いた。

「いえ。機械でも出来る歩兵の仕事をやらせるだけです。具体的には下車戦闘をある程度不要にします」

下車戦闘というのは歩兵が輸送車から降りて展開、戦闘することをいう。降りて展開するわけだから、当然時間がかかる。機動力を生かして戦う場合、下車戦闘は総合的な機動力を損なう行為にあたり、嫌われる傾向がある。

戦車と戦車モドキである歩兵戦闘車の共同作戦での軍事的トレンド（流行）は目的地に至るまでは下車戦闘をなるべく行わない、というものだった。

私が目をつけたのはそれだった。目的地に向かう道中において、機動力の高いロボットによって歩兵が下車戦闘する局面を減らせば、部隊の総合的な機動力が大きく向上する。

部隊の総合的な機動力の向上は敵の集合や準備を難しくし、防御においては早急な対応が出来ることを意味する。

「機甲戦の本質だな。うちには意味があるが」

機甲科の人は普通科の人を気にしながら口にした。

「全体としてどうかだね」

普通科の人は存外に拒絶反応を起こさなかった。

「この提案で構想されているものは戦車の機動を妨げない、迅速な機動を行う歩兵と戦車の中間的な役割を持つものです」

「FVみたいだね」

FVとは八九式装甲戦闘車のことだ。信士くんは頷いた。

「そうです。ただし、ずっと歩兵に近いサイズです。高さ一m、長さや幅も同程度です。攻撃力は歩兵に準じ、防御は歩兵に勝り、機動力は戦車並みです」

「歩兵用の対戦車誘導弾や対空誘導弾を装備できるんだね？」

普通科の人が資料をめくりながら尋ねた。

「はい。機関銃を装備することも可能です。擲弾《てきだん》銃も。いずれも特殊な車載用の改造は必要なく、歩兵用の装備をそのまま使えます」

「腕がある？」

これまで黙っていた特科の人が口を開いた。特科とは砲兵のことだ。憲法の規定のせいか太平洋戦争で負けてしまったせいか、自衛隊の用語は言い換えばかりだ。

「頭というか砲塔に指が生えているイメージです。引き金を引くための」

そう言われるとちょっと気持ち悪い感じだが、あまり間違ってはいない。武器を別途調達、別途装備にすることで価格を抑えてある。多目的な装備が可能という触れ込みでその実ほとんど調達されなかった後付け装備の実例を踏まえ、今回は普通科（歩兵）用の現用装備をそのまま使えるようにしている。

特科の人は変な顔をしているが、他の人は特に気にしてなさそう。

普通科の人が資料を閉じて口を開いた。

「斥候《せっこう》に使えるかい？」

「基本的に出来ません。このロボットは味方の歩兵や戦車などの味方が攻撃する対象に、併せて攻撃します。逆に言えば現段階ではそれだけしかやりません」

「自力で目標見つけて攻撃するわけではない？」

「はい。自動機械が勝手に交戦するとなると憲法や法律の問題もあるので。指示用のレーザーで指示します」

「ふーむ。反撃くらいはして欲しいなあ」

普通科の人の言葉に、信士くんが私を見た。私は急いでメールを書いて送った。信士くんがうなずく。

「攻撃を受けた場合の反撃、という意味なら可能です。法的にも大丈夫でしょう。計画に入れておきます」

「一〇式とデータリンクできるのはいいね。今のところ、一〇式だけ浮いてるからようやく仲間が出来るかもしれない」

機甲科の人がそう言ってうなずいた。

「問題はどこの管轄にするか、ですよ」

普通科の人が割り込んだ。さらに言葉を続ける。

「なあ、残置斥候として使えないか」

残置斥候とは敵地、もしくは敵が侵攻するであろうところに警戒監視部隊として配置する普通科の部隊（歩兵部隊）をいう。ベトナム戦争で大きな効果を上げており、装備や数に劣る北ベトナム軍を勝利に導いた理由の一つとされた。敵地に残るという高いリスクはあるものの、敵がどこからどう侵攻してくるかの情報があれば、待ち構えることも罠を仕掛けることも、そもそも戦わないで回避することも、迂回することだって出来てしまう。

日本は専守防衛を旨にしている関係で、ベトナム戦後残置斥候には結構な重きを置いていた。父も中隊長時代に土遁《どとん》の術、水遁の術をやっていた、と忍者の真似をしながら言っていた。話を聞くに、今も事情は変わらないのだろう。

信士くんが喋る前に、特科の人が口を開いた。

「ハイテク兵器を残置はできないんじゃないか。鹵獲《ろかく》されたら事だ」

「捕虜をとられるよりはいい」

普通科の人は言った。

「ロボットについては大丈夫です。そんなに大したものでもないですから。鹵獲されても問題ありません」

そう言って信士くんは皆を笑わせた。

「まあそれでも、ハッキングされないよう、電子機器のデータは遠隔で消去するようにします。ハード的に見るべき機能、性能はありません」

「中国でコピー品が出回る可能性は」

「可能性はあります、が。向こうはなにせ人件費が安いので」

皆は苦笑い。日本と国情が違うので、コピーすらされないだろうという見通しだった。

「残置斥候として置くことは出来ます。自分が隠れる穴だって自分で掘ります。上から土をかぶることまではできるでしょう。が、草木で偽装するのは現在の技術では難しいですし、コストの関係でそんなに高度な監視は出来ません。音とカメラだけで気配や匂いは無理です。完全に人間から置き換えることは出来ないでしょう」

普通科の人は満足げな顔。一部を置き換えるだけでも充分な意味があると考えているようではあった。

「普通科についてはこの装備、実現するなら欲しいと思う。携行装備の増大に対して一定の意味はある。荷物運びという意味でならアメリカさんが生産に入った〝ドンキー〟といい勝負だろう。向こうよりはこっちの方が高機能で汎用的そうだが」

「そうですね。〝ドンキー〟はこちらでも用途が狭すぎると考えています」

信士くんがそう答えた。ドンキーとはロバのことで、近年アメリカ軍が配備を進めているロボット兵器をいう。兵器といっても武装は持たず、一個分隊の装具を運んで部隊についていくだけの機能を持ったものだった。大きさは長さ二mほど、六輪のちいさな車輪がついている。リモコンで装備する一方、リモコンを持つ人を追尾して移動する機能を持っていた。

歩兵の装備が大きく重く数が増えるなか、ついに現れた歩兵の支援装備と目される一方で、他国では導入事例がまったくない兵器でもある。

多くの国では普通の車に装備を乗せればよいと判断していた。日本にも売り込みがあったそうだが、さすがに断ったらしい。

信士くんは鋭い目を走らせている。父が見ていたゴルフ番組に出てくる選手のような目をしている。一転して笑顔。どう攻めるか考えたらしい。

「それで、どこが管理運営するかですが、どの部隊でも使えるようにしたいと考えています。仕様が少しずつ違う装備として作れればいいかと思います」

「大量装備になるなあ」

普通科の人がそう言った。微笑む信士くん。

「普通科で使う、という時点で大量装備です。大量生産でコストが下がるので、余禄《よろく》で他にも回せればという感じです」

普通科の人は満足そうにうなずいた。

「普通科の中隊で整備出来る程度なら是非使いたい。死ねと言える兵隊は無能でも意味はある」

「機甲科としては言うことがない。戦車に随伴する歩兵として便利なのは間違いない。調達数がそのままなら大丈夫だろう」

「特科としてはあまり関係ないので。普通科や機甲科の判断に委《ゆだ》ねます」

最初の会議としては上出来だろう。私が息をついていると、手が上がった。元同僚だった。

「いいですか。非常に興味深く話を伺いましたが、このサイズでの機動性確保の要素研究はされていないはずです。実際のところ、研究開発やその分のコスト上昇が起きてそこまで美味しい話にならないんじゃないですか?」

私は猛烈にメールを書いた。皆が私を見ている感じなので、隠れてメールを書いた。信士くんが私をかばって雑談を始めている。私はメールを送信する。信士くんがそれを受け取る。皆が苦笑している。

「あー。それについてですが、今しがた入った情報によると、先行研究はされていますと。

東日本大震災以後、ロボット研究は方向を変えました。目的を持ったといってもよいでしょう。研究のためのロボットから、人の役に立つロボットへトレンドがシフトしました。特に放射能下での不整地走行分野では各地の大学が鋭意研究を進めておりまして、それらの論文や特許は平成三二年現在で膨大な数に上ります。それらを利用して開発期間低減を行います。具体的な論文は後でお渡しします」

「いい話じゃないか。震災で技術発展の方向性を得て、再びの国難で使われるってのは。次は日本を守ろうって感じがする」

機甲科の人が優しい顔で言った。

「あの時の自衛隊見て自分は将来自衛官になろうと思ったんですよ」

普通科の人が笑って言った。会議から見れば盛大な脱線だったが、誰もとがめなかった。

「そうか。俺もだよ。まあ、実際行った人の話をきくと、反省ばかりが口に出てたけどな。74TKを原発に突入させた話を講演で聴いたときは手に汗握った」

74TKに核戦争を想定した防護機能が備わっているとはいっても、実際に試したことはないし、何しろ74TKは高齢だった。突入後、足回りに簡単な故障が発生して往生したら、外で生身の作業をするのは困難だったはずで、それこそ最悪殉職がでていたはずだ。

私はノートパソコンから顔をあげて様子をうかがった。

「自慢するよりはずっといいですよ。反省したほうが」

信士くんがそう言うと、機甲科の人は口を尖《とが》らせた。

「批判した訳じゃない。俺は感動したんだ。自衛隊って奴にな。まあどんなロボットになるかは分からんが、救助とかにも使えるようにしてくれよ」

現実問題、陸上自衛隊の出動は災害出動が際だって多い。実際の仕事としては、救助の役に立つのは重要なことのように思えた。私は頷く。信士くんはそれを見て微笑んで口を開いた。

「必ず」

それで、会議は終わった。実際このロボットがどうなるかは分からないが、有意義な会議だった気がした。救助する機能を低価格で実装できたらそれはもうロボット研究者としては最高の名誉だろう。人助けする鉄腕アトムと兵器としてのガンダムを一緒に実現できる一〇〇年に一度のチャンスにだってなるかもしれない。


実際この日の会議を境に、私の周辺は騒がしくなり始めた。

さしあたって元の部署に戻ることになったが、これは私にとって、あまり歓迎できるものではなかった。信士くんとの距離が離れてしまう。

私の手を離れたところでプレゼンが繰り返されはじめ、足回りの研究のために視察団が組まれた。実際に研究している民間企業や研究機関の状況を調べ、自衛隊に導入が可能かどうか調べるわけだ。

私は元々の私の席に戻って、ノートを広げる。あれ、なんか楽しくない。彼と一緒の日々が楽しすぎたかと、ため息。まあ、楽しかったことを認めるくらいには、私は成長したと思う。周回遅れすぎてとてもトップランナー達を見る気持ちにはなれないが。

そして一ヶ月、二ヶ月。季節が変わって秋になる。野菜が高いらしいが、コンビニのうどんは値上がりしない。オリンピックも過ぎて世間はお祭りムードから日常へと戻っていた。

三ヶ月。もう本格的な秋だ。この二ヶ月ほど信士くんが、また姿を見せなくなっている。私が独りぼっちだった時は毎日のように姿を見せていたのに、段々回数が減って姿を消している。フェードアウト。

またかと思う一方、あの人は私が困らないと姿を見せないのかと腹が立った。一体何様のつもりだろう。潜水艦にでも乗っているんだろうか。

私はいつでもトンカツを作る準備が出来ているというのに。

もう定時だ。家に帰る。今日はアイスを買って帰る。必要なら大きな冷蔵庫も買うことを辞さない。

私は車を走らせた。最近助手席が楽しいと思っていたが、やっぱり運転は楽しい。歌でも歌ってやろうかと思いながら、アニメの主題歌を歌うのは気がひけて、それで今後の予定を口にしながら運転した。足回りの視察は上々、次は研究調査費を要求する番。私は転勤。ああもう、プロジェクトは進み出したのに、なんだか後退した気分。それもこれも信士くんが悪い。プライベートが後退しているからこういう気分になるんだ。

夕日が前を照らしている。対向車のオートライトが点灯を始めた。

顔を上げる。バックミラーに映る二台後ろの車が、変な動きをしている。左右に揺れて追い越しを狙うかのよう。

嫌だなあと思いながら走っていると不意にその車が反対車線に飛び出した。私はびっくりしながら視線を前に移す。前を見ながら横をうかがう。並んだ車がこちらに近づいて来ている。幅寄せだった。思わずハンドルを切ってよける。左側、路肩に擦《こす》ったか嫌な音がする。

びっくりする暇もなくアクセルを踏んだ。いや、踏んでいない。私の足はブレーキを踏んでいた。最近口が反乱を起こさないと思っていたら車が反乱を起こした。違う。車が勝手に凄い勢いで飛び出している。背後で凄い音、たぶん交通事故。後ろが気になるが目は前の方に貼り付いて動かない。凄い速度でカーブに侵入しそう。うまく曲がれるか分からないままハンドルを切る。車が傾く。聞いたこともない音を車が立てている。車じゃなくて路面か、路面とタイヤから音が出ている。摩擦限界がきてタイヤが滑る音だ……。

全身から汗が吹き出る。何度もブレーキを踏む。サイドブレーキを引く。どれもいうことを聞かない。それどころかハンドルすらいうことをきいてない。自動運転だと気付くのに三秒かかった。

速度が落ちる。停車する。

現場は見通しの良い片側二車線の道路。左右は森。事故を起こした車から誰かが飛び降りている。私は救護のために車から出た。救護といっても何を持てばいいのか分からない。あ、そうか携帯だと思って携帯を取りに戻った。携帯を取り出す。事故を起こした人が手に何かを持って走ってくる。知らない顔じゃなかった。あれはTだ。

気付いた時にはTが派手に転ばされていた。的確に脛《すね》を引っかけられたのだ。Tの手にあった黒い塊がアスファルトの路面を転がって行った。どこから姿を現したのか、魔法のように姿を見せてTの手にあった銃を蹴飛ばした人物の方を見る。知らない人、いや、でも覚えがある。

「信士くん?」

助けた人が傾いている。間違いない。信士くんだ。

「信士くん、なんで」

「助手席に」

信士くんは、そう言いながら私の車の運転席に座った。Tに向け、両手で銃を構える三人の仲間に頷いて発進させる信士くん。

しばらく、車の音だけがした。私は彼の横顔をよく見た。間違いない。印象は違うが信士くんだ。

「危ないから前を見る」

苦々しい、信士くんの言葉。私はシートベルトをつけて前を見た。下を見る。

「アクセルが勝手に動いたの」

「ああ、うん。大丈夫。僕が遠隔操作しただけだから」

信士くんはそう言った。私は一〇秒考えた後、隣を全力で見た。

「信士くんはどこから来たの。なんでずっと姿を見せなかったの？」

「どこから来たかについていえば、三台後ろの車にいた。姿を見せなかったのは、Tの足取りを摑んだからだ。君の家のすぐ近くのコンビニで姿を見た。これらについて怒ってくれても軽蔑してくれてもいいが、信じて欲しい。君を守るためだった」

「なんで私を守ったの」

「君は国の宝だ」

「それだけなの？」

信士くんは軽く腕時計を見た。

「他になにがある」

そうなんだ。

「仕事だったんだ。防諜か何か？」

「答えられない。職務上の秘密だ」

そうだったんだ。やっぱり。

「仕事なら仕事と言えばよかったのに」

そりゃそうか。私は納得しながらそう言った。彼は今までに見たこともない程厳しい顔をしている。

私は窓の外を見た。ちょっと泣いた。


家にどうやって帰ったかは、覚えてない。

ベッドに倒れて盛大に泣いて、寝た。眠り続けた。このまま眠り続けて死にたいと思ったが、二〇時間くらいで目が醒めてしまった。欠勤してしまった。

体調不良で休む旨を連絡して鏡を見る。目の周りが腫《は》れていて酷《ひど》い顔。酷い顔だから好かれないいんだと思ったらまた涙が出た。

冷静になろうと思う。冷静になったからといって事実は何も変わらないが、冷静でないのもエネルギーの無駄だ。だから泣くな、私。手だって繋《つな》いだこともない相手だったじゃないか。バカな女がちょっと親切にされて舞い上がった。ただそれだけ。舞い上がって地に落ちた。そもそも陸上自衛隊の研究企画している人間が舞い上がるのがおかしかったんだ。それでは空白だ。

自分の定位置であるベッドに戻る。すすり泣く。そもそもつきあってもいないから振られてもいない。頭の中で訴えてやると喚《わめ》く自分に、突っ込みを入れて黙らせる。付き合ってないからこれは敗北ではないと頭の中で言い張る自分を悲しい心の目で見て黙らせた。

いくつもの頭の中の自分をなぎ倒し、死にたいと思ったが今死んだら死因不明だろうと考え直した。いや、死亡動機不明か。

いずれにしても、意味がない。意味がないから寝るべきだ。寝ようとして頭が痛いことに気づく。痛いせいで眠れない。

人間、ショックなことがあると、アイスも喉を通らないものだ。私はカロリー摂取にも失敗して、自分が駄目な三〇女であることを自分自身に知らしめた。ええ。充分存じ上げております とも。

最悪だ。もう駄目だ。

どうせ最悪なら退職しようか。そんなことも思った。彼と知らない顔をしてすれ違うなんて、私にはたぶんもう出来ない。泣く、泣いた上に走る。廊下は走っちゃいけないのに。

希望などなければ絶望もしなかったのだと思って、出典が誰か気になった。でもまあ、誰でも言いそうな言葉ではある。振られ女なら誰でも思いそう。

起きる。機械的にうどんを食べる。温かいうどんがうまい。うまいので泣いた。駄目だ。なんだか暑い気がして窓を開ける。涼しい風が入ってくる。もう夜だった。カーテンだけかけて、窓はそのままに部屋着に着替えた。お腹を締め付ける物がなくなると楽な気分になった。胸はまだ締め付けられたままだけど。

もうどうだっていい。そんな気分で床に転がる大きなクッションの中に座り込んだ。仕事も研究もどうでもいい。どうでもよすぎる。昔から現実逃避のための研究だった。でも逃避できなかった。じゃあ私にとっては意味がない。

よし、仕事を辞めよう。ここも引き払う。そして……

そして次は、と口の中で言いかけて黙った。自分には何もない。呆然として、しばらく考えた後、まずはそこからの研究かと思った。現実逃避のためだった研究を現実逃避をやめるために行うなんて無様だ。

どういう訳かこの段階に至って信士くんを憎いとは思わなかった。自分はバカだなあと思ったが、それだけだった。あの人も思えば可哀想だ。仕事とはいえ、私をあやしたり送迎したりしてたんだから。

次に、仕事のままでいいから騙《だま》され続けたかったなあと考えた。嘘でもなんでも、他にこんなことはもうないだろうから。駄目だ、考え方が負け犬だ。負け犬という言葉はあっても勝ち猫という言葉がないのはなぜだろう。その研究でもやろうか。

まあ、どうでもいい。寝過ぎて眠れないのが残念。天井を見る。

騙されたのは確実。守ってくれたのは本当。ではあの人が傾いていたのはなぜ？　ため息。仕事に行こうと考える。辞めるにしてもそのための準備がいる。たぶん、私はピンチじゃないから、彼とは顔を合わさないだろう。それだけが心の安心材料だった。


顔が腫れないよう、泣かないよう厳重に努力して、私は翌日出勤した。誰もとがめなかったが、顔が白いよとは言われた。私が襲われたらしいことは、皆の知るところになったようだ。きっと信士くんが取りはからってくれたんだろう。今となってはその名前も階級も、本当かどうか分からないけれど。

一日経ってプロジェクトは順調。私の知らないところで、非公式に政治の方面にも話がいっていると いう。まだ一つの図面もあがってない上に正式な予算要求も通ってないというのに政治家というか与党と接触が持たれるなんて不思議な感じがするが、これも文民統制かと思って納得した。

現状プロジェクトは進んでいるものの、早くも手を離れた感じがして寂しくなった。政治方面との話なんて、そもそも何が話されているのかもよく分からない。強い疎外感を感じた。

研究企画を作ってプロジェクトの立ち上げに関わったといっても、こんなものか。もう少し誇らしい気分になるんじゃないかと思ったんだけれど。

何もかもが自分を無視して攻撃しているような気がする。これは矛盾だ。無視と攻撃は両立しないはずと考える。いやまて、いじめでは攻撃と無視は両立しうる。

駄目だ、ピンチだ。このままではまた彼が来てしまう。顔を合わせたら、どんな顔をしていいのか分からない。いや、そもそも顔を合わせたくない。おまじないではないけれど、自分は幸せだと考えよう。そうすれば彼も出てこないはず。バカみたいなおまじない。

会議に呼ばれ、そもそも彼がいないと自分はまともに発言することすら出来ないことをその席で思い出した。もう駄目だ。

よし、酒に逃げよう。まさに成人女性だから出来る特権だ。

私は車に乗り込んだ。車内がまだ暑いからというだけでなく、汗が吹き出す。あの日に時刻が近いせいか、急に運転が怖くなった。

それで今頃、怖いことに遭遇したんだという、自覚が湧いた。間抜けな自覚だった。

ハンドルに寄りかかりながら、転がっていった黒い塊を考える。銃のように見えた。実際は違うかもしれない。でも、怖い。

じっとしているうちに知らない職員から声をかけられた。大丈夫ですかと言われて、大丈夫ですと返す。信士くんみたいな人なのかなと思いながら慌ててエンジンをかけた。飛ばすと危ないし夜も怖い。そんな中での運転だった。コンビニにも寄らずに家に帰った。

仕事を辞めよう。いや、辞めるのはどうだろう。Tの嫌がらせと犯罪に勝ったのに、結局負けた形になる。でも怖い。

信士くんは守ってくれるだろうか。分からない。守ってはくれると思う。でも、だったら何か言って欲しかった。

怖いとは思ったがTについて考えようとは思わなかった。自分で少し考えて、事の最初からTにはなんの興味もなかったことに気付いた。危害を加えられそうになった今でも彼について考えようとは思わない自分がいた。好意の反対は無関心、悪意ではないと言った人はだれだっけ。確かにそうだ。私は無関心だ。あの言葉は思ったより深い言葉なのかもしれない。好意と悪意は共存するのかも。

不意に嫌悪を覚える。好意と悪意の共存を生理的に気持ち悪いと思ってしまった。

一度気になるとどんどん気になっていくものだ。涼しくなってきたからここ最近窓を開けていたのに、それが今日はできなかった。

クーラーを入れて、灯りをつけて体育座りで過ごした。夕食はアイス。悲しくなる。何歩も前に戻った気分。自分は駄目だなあと思うのと、なんでこんな目にあうんだろうというのと、信士くんに騙されていたということで頭がぐちゃぐちゃになっている。でも、泣いてない。前より成長していると思う。たぶん。だけど。

アイスを囓《かじ》る。固いので有名なあずきバー。この固さが世間の厳しさのような気がしてくる。

辞めようと思っていたのに辞めたら負けという状況になってきた。

負けるのは嫌だなと思う。私は悪くない。悪いところは一杯あるけれど、Tに対する対応、この一点については悪くない。

普通ならここでやる気が出てくる。否応なく復讐してやるとかそういう気分になるはず。でもそれがない。信士くんがいないせいだろうか。だったら嫌だな。自分のやる気スイッチが他人にあるのは悲しい。しかもその人との距離は遠い。もう二度と会えないかもしれないし。

思ってるうちに涙が出てきた。トイレに入って鼻をかむうちに肩に何か当たって飛び上がった。匂い対策で少しだけ開けてある窓から入ってきたものだった。黒くて丸いなにか。慌てて流して部屋を出た。下着とズボンを引き上げながら、眼鏡をかけて、かさかさ動いていないのをそっと確認して黒い物を見る。ボタンに見えるが部品臭い。爆発物かと一瞬考えたが、そうではないとすぐに分かった。小さく揺れたのだ。揺れた瞬間に私は飛び退《の》いたが、そこから小さな声が聞こえてきて私は慌てて戻って耳にあてた。

「信士くん?」

自分が思っていたより、ずっと嬉しそうな声が出たのがショックだった。顔なんか合わせられないと思ったくせに、電話というか無線ならいいのか。……いいのかもしれない。

返事を待つ。少しかかる。

黒い機械を見直す。工作精度は悪くないが一見、特殊な部材や特殊形状は使われていないように見える。製造元をたどっても分からないようにしてあるんだろう。形状からしてカナル型イヤホンのように耳に入れるものなのかな。あれ、でも送信はどうするんだろう。マイクは？　ひょっとして受信専用？

「いいから耳につけろ」

私は慌てて耳につけた。工学系はこれだからとぶつぶつ言われる。そんなこと言うくらいなら目の前に未知の機械を置かないで欲しい。

「えと、あの」

大きなため息が聞こえて私は黙った。思わず正座した。

「失格だな。一目で気付かれるなんて」

「私が襲われた日のこと？　声で分かったよ」

私が言うと、彼はしばらく黙った。物凄く不機嫌そう。

「そんなわけがない。声は変えていた」

「ええと、じゃあ顔」

「顔も変えていた。君と僕の距離はせいぜい五〇㎝だ。その距離で同一人物と分かるわけがない」

「そんなことないよ」

「そんなことある。最新技術を何だと思ってるんだ」

人間が人間を認知するときにどこを見るかはロボット研究においても主要なテーマの一つではある。私は頭の中で論文箱をひっくり返した。そういえばいくつか解明されたとかあった気がする。逆説的にその認知するポイントを少しずらせば別人に見えるという風に組み立てていったのかもしれない。例えば外科的手段で顔の骨格を少し出っ張らせたりへこませたりで。

「雰囲気が違うからどうかなって思ったんだけど……」

でも、魂がこの人は信士くんだと思った。とは恥ずかしくて言えず、私は黙った。

「見覚えがあったというやつか。二度目だから嫌だったんだ」

「二度目？」

「君を守るのが」

「……留学の時からそうだったんだ」

「僕の初任務だった」

その言葉は、思ったよりずっと優しい声だった。まるで良い思い出であるかのように。

彼は仕事で仕方なく私を守っていたはずなのに。

自分は、ずっと前から国の宝だったのかな。その割には三年ほど雑用ばかりだったけど。

いや、年功序列だし、途中までは皆同じようにあっちこっちに回されたり、雑用からやっていくと聞いていた。

私は微笑んだ。そうだ。仕事辞めるの、彼に話そう。彼と話して分かった、やっぱりたぶん、この人と会えないのはつらい。仕事上でだけ付き合うのはたぶん無理。

「PC壊したり」

「もう時効だと思うから言うが、あれは仕事だから。君が使っていたPCはチップレベルでバックドアが仕掛けられていた」

「……そうなんだ」

私が涙を拭きながらそう言うと、彼は黙った。

「ずっと前から、守ってくれてたんだね」

「君はバカだな。怒るべきだ。自分が騙されたことを」

「ああうん。昨日は怒ってたよ。悲しかった。泣いたかも」

彼が黙る。きっと傾いたと思った。おかしかった。

「今傾いた？」

「何のことだ」

自覚はなかったか。私は笑った。

「ぶっきらぼうだね」

「仕事抜きだからな」

「怒ってる？」

「怒っている。君は僕に怒るべきだ」

「なぜ？」

「君を騙した」

「守ってくれたじゃない」

「でも騙した」

彼がしょげているので、私は手で顔を隠した。顔が熱い。からかうにしては、手の込んだからかい方だった。

彼が大丈夫かと小さな声で言っている。いや、結構本気で心配しているんだろうけど。

深呼吸する。彼とあとどれだけ話せるか分からないから、機会を大事にしよう。

「ほんとはね、ずっと騙し続けて欲しかった」

「駄目だ」

「なんで？」

「心が痛む。君と交流すべきじゃなかった」

「貴方は仕事をやっただけよ。やましいことは何もしてないわ」

「やったさ。朝晩送迎した」

「私を守ってくれてたんでしょ。Tから」

「いや、彼があぁ動くとは思っていなかった。彼が問題を起こして辞めたのは迷彩だと思っていた」

「迷彩？　富士学校で今実験してる？」

「そっちじゃない。えーと。まあ、彼はある国と接触をしていた。で、僕たちは内偵を進めていた。ところが彼は問題を起こして辞めてしまった。僕たちはこれをまあ、欺瞞《ぎまん》というか、より重大な事項から隠れるための迷彩だと判断した」

重大な事項とは防衛技術情報の漏洩《ろうえい》だろう。

「ある国って？」

「職務上の秘密だ」

中国か韓国かロシアか。北朝鮮か。当てずっぽうでも二五％。今の情勢なら中国かなと思った。まあでも、そういうことはどうでもいい。

「この会話は仕事？」

「仕事じゃない」

「怒られたいのは仕事？」

「違うに決まってるだろう」

「朝晩送迎したのは？」

「仕事を理由にした」

なんだか何でも許す気になった。鏡を見てないのに自分の顔が明るくなっているのが分かった。でも涙が床に落ちてる。よく分からない。どうしよう、なんて言おう。彼は怒れたいのかもしれない。嘘でも怒るべきだろうか。嘘でも怒れない表情だと思うけど。

「泣いている……のか」

マイクの向こうの彼は、たぶん傾いている。

「うん。ごめんね。三〇なのに格好悪いね」

「ああいや、僕が悪い。僕が全面的に悪い」

「悪くないよ」

「悪いに決まってるだろう」

「でも、じゃあ、謝ってとか、私言わないからね」

「謝って済むような話じゃないしな」

「なんでそうなるのよ」

「じゃあどうすればいいんだ」

「私は怒っていませんから分かりません」

「その口調は怒っている」

「分からず屋」

「こっちは苦労して連絡取ったんだぞ」

「分からず屋、独りよがり、ばか」

「どれも覚えがあるが、君に言われたくない」

「私以外にならいいんだ」

「言葉使いが変わってる」

「お互いさまです」

何をどうしてどう間違ったら詫びを入れた相手と喧嘩になるんだろう。

私は上を見た。自分でも驚いている。あと、自分が元気になったのに驚いている。

重ねて言えば、彼は諜報関係の仕事に就いているとは到底思えないほど、鈍い。

彼は私が彼のことでこんなにも笑ったり泣いたりしているのに気付いていない。あんなに近くでずっと一緒にいたのに。

「だいたい、君が悪いんだ。アメリカから戻って三年も経って、君はきっと結婚してささやかだが幸せな家庭を築いていると思っていた。僕はそれを遠くから見て静かに満足するつもりだった」

「分からず屋、独りよがり、ばか、ばかばかばか一体いつの時代の人ですか貴方は今は結婚したくたって相手がいないんですそのうち幼なじみと結婚の約束でもしないと結婚できないくらい相手がいないんです私みたいなナチュラルボーン女としてのオチこぼれは家に帰ってアイス食べて寝るのがせいぜいなんです」

「その長い言葉を一息で言った君の肺活量は賞賛に値するが、自分が高スペックだからって高望みしすぎてるんだ」

「そんなわけないでしょ！」

「大声を出すんじゃない。外まで聞こえてる」

「外まで？」

そう言えば遠くで私の声の反響がした。彼は怒っている。

「いいから。とにかく。僕が危険を冒してお節介をしている意味を考えて欲しい。君は幸せに……」

私はマイクをそっと置いて立ち上がった。おもむろに窓を開けて身を乗り出した。アパートの壁に背を預けて喋っていた手ぶらの信士くん発見。これが危険を冒してのお節介か。

信士くんは傾いたまま走りだそうとしている。

「逃げるんですか」

「逃げてはいない。職場にも秘密なだけだ」

「家の中盗聴してたりするんですか」

「するわけないだろう。法的根拠がない」

私は信士くんが厳しい顔をしながら腕時計を見ていたのを思い出していた。盗聴器を仕掛けるのは駄目でも盗聴器を持って職員が歩いて回るのは禁止ではない。ということか。

目を細める。

「職場に秘密ということは、腕時計はつけてないんですよね。家に入ってください」

「当たり前だ。家ってどこに」

「私の部屋に」

「いや、それは悪い」

「ここで喧嘩する方が迷惑だと言ってるんです」

彼はひるんだ。

そして左右を見た後、仕方なくやってきた。私はすました顔で窓際から玄関まで歩いてドアを開ける。どうぞと手招きする。内心は男の人にいうこと聞かせるって、身の中が震えるくらい大変な気持ちよさがある。他の男性ではたぶんこんな気分にならないのが残念だ。私は何年も引きずるから、だから話が終わってこの人がどこかに行ってしまったら、こんな気持ちよさはもう二度と得られなくなるだろう。

彼は落ち着かない様子で周囲を見ている。私は部屋着を確認した。ブラはしてないが、大丈夫だろう。

一応の用心でクッションを抱いて座った。彼は立ったままだ。

「やましいことでもあるんですか」

「女性の部屋に入るのは……」

「初めてじゃないんでしょ？」

「そうだが」

彼は苦々しい顔で言った。

「私が車の中で寝てしまったとき、抱え上げてここまで運んできたんでしょ」

「……それについては一切やましいことはしていない」

「そうでしょうね。腕時計はいつものだったでしょうし」

私は横を向いた。あれは盗聴器だったはずだ。

「これだから頭の良い女性は」

「面白いんでしょ」

「今は少し、イラリとした」

「そう。……座ってください。やましいことがないのなら」

彼は仕方なく座った。なぜか正座。

「崩して座ってもいいですよ」

「うん。まあ」

彼は脚を崩して座った。落ち着かない。

「それでともかく悪かった。あやまる」

「横を見て言わないでください。だいたい、なんで最初から正直に言わなかったんですか」

「アメリカの方は訓練の仕上げだった。こっそりやる訓練だ。君は僕について疑問を抱かなかったはずだ」

「身の回りにスパイがいると思う方がどうかしてます。二回目は？　こっちに来たのは？」

「……Tの内偵だ」

「私は関係ないと」

「関係はあるし、僕は可能な限りの手助けをしたつもりだ」

「仕事ですからね」

彼は腕時計跡地を見た。何もついていない。彼は深呼吸。

「昔の馴染みという私情もある。君が思ったよりずっと不幸そうだったのがいけない」

「いつも他人のせいにするんですね」

「君が幸せそうだったら遠くから見て静かに満足していた」

私は目を細めて目だけを横に動かした。唇を尖らせる。

「どうかなー」

「本当だ」

「そういうことなら、一つ一つ確認していきましょう。まず私のこと嫌いじゃないんですね」

彼はひるんだ。私はそれで答えが分かったので、あとはどうでもよくなった。彼は難しい顔で言った。

「プライベートにつき答えかねる」

「国家機密に仕事の機密、プライベートの機密。機密ばっかりで会話もまともに出来ないじゃないですか」

「任務に忠実なんだ」

「プライベートは任務じゃありません」

彼は黙った。彼の場合プライベートすらも任務というか仕事の一環で話すことが出来ないのかもしれない。そう思ったら急に落ち込んだ。この芽は花も実もつかないと言われている気になった。

私は下を見る。おそらく彼は最後の別れに来ているんだろう。お別れを言いに来たのかも。

気づけば彼が傾いている。

「何も泣かなくてもいいじゃないか。ああもう。分かった。嫌いじゃない。これは職務上最大の譲歩だ」

彼は傾きを補正しながら言った。具体的には姿勢を正して言った。

「勘違いしないでください。そんなんで泣いた訳じゃないんだから」

彼が再度傾いた。傾きがひどい。床に倒れそう。あ、戻った。上を見ている。

「君の幸せを願っている。これからも」

「お腹が空《す》いてるだけです。勘違いしないでください」

「コンビニに行かなかったのかい」

「いつも私を見てたんじゃなかったんですか」

「Tの件が片付いたから。もう店じまいだ。君自身は中国に情報を売ったりしないし、危険も薄いから見守る必要もない」

私は彼がどこかに行かないように手を摑んだ。彼がびっくりしている。私もびっくりした。手を離した。正座した。気付いてクッションを抱き直した。

「今のは？」

「プライベートにつきお答えしかねます」

「ほら、ほら、そっちだって同じじゃないか」

彼はここぞとばかりに言った。私は睨《にら》んだ。もう一度手を取った。摑んだ。振った。

「違います。明確に違います。貴方は仕事で言わないだけかもしれないけれど、私は個人的な理由だけです」

「手を取った理由くらいいいだろう」

「嫌です。話しません」

「可愛くない」

私はにこっと笑った。しかるのちに最悪の顔で睨んだ。

「可愛い女が三〇まで売れ残るわけないでしょう」

彼は顔を赤くして横を見た。最悪の顔をしたのに、よく分からない。

「だから高望みしすぎだ」

「Tぐらいが適当だって思ってるんですか」

彼はさらに横を向いた。体ごと横を向いて点《つ》いていないテレビの方を見ている。

「あれは駄目だ。もし付き合うことになっていたら邪魔していた」

「ほら。じゃあどの辺が低いって思ってるんですか。貴方の許容する低いとか高いとか曖《あい》昧《まい》な話じゃなくて計数出来る客観的な範囲を教えてください」

「これだから理数系は！」

「工学系です。信士くんと言っていいかどうかわからないけれど、貴方だって同じです」

「信士でいい」

「じゃあ、信士くんは今すぐ高低を話してください。必要なら私が微分して関数とかつくりますから」

「話せるわけないだろう」

「また機密ですか。プライベートですか」

「想像したくないだけだ」

「えとそれじゃあ……話さないと手を離しませんからね。絶対離しませんからね」

「小学生か」

「小学生にバカな幼児とよく分かってない中学生を足して今の年齢です」

「分かった。でもトイレはどうするんだ」

私は手を離した。すごすご戻った。クッションを抱いた。

彼はなぜか傾いている。

「なんでそこで傾きますか」

「そこは手を離すところじゃないだろう」

「変態さんですか」

「違う。ああもう」

信士くんは両手で顔を隠した。

「僕はその、挨拶をしにきただけだ。あと君に幸せになって欲しいだけだ」

私は信士くんの手を握った。信士くんは私の目を見ないで口を開いた。

「君の口べたの話はもう通してある。大丈夫だ」

私は強く強く信士くんの手を握った。信士くんは傾いた。

「大丈夫だ」

「大丈夫じゃないです……お腹空いたし」

「だからなんでコンビニに寄らなかったんだ」

「……怖かったから」

信士くんは手を振り放さないまま、立ち上がろうとした。

「僕が買ってくる」

「そう言って、いなくなるんでしょ」

「どうかな」

私は強く強く強く信士くんの手を握った。ほとんど伸ばしていない爪の痕が残るくらいに。

「今日、運転したとき一昨日のことを思い出しました。怖かったんです」

「分かってる」

この人は分かってない。私はゆっくり手を引きはがされた。

「すぐに買って来る」

そう言って彼は出て行った。一〇分待つ。二〇分待った。私は大泣きした。

外で音がして慌てて出る。コンビニの袋がおいてある。冷凍鍋焼きうどんにアイス。でも肝心の人の姿は見えず、私はほら、ほらと言って泣き崩れた。

翌日から、数日休んだ。襲われたときのショックがと言ったら、いとも簡単に許された。Tがなぜ私を襲ったのか、聞けばよかったと思ったが、そんな考えはすぐに涙に押し流された。

ベッドに入って、このまま眠り続けて死ぬと思った。今度は明確に死亡動機が相手に伝わるはず。

のろのろ起き上がって食事が出来るようになったのは四日目かそこら。アイスで命を繋いだ。痩せた気がする。ふらふらする。恋愛というものはしんどいものだと思った。若い、体力のあるうちにしかこんなことはできない。私にはもう無理だと思った。

これからずっと、石のように固いあずきバーのように生きる。

出勤する。運転中に聞いたラジオでは、北朝鮮から逃げた人々の一部が武器を持って派手に銃撃戦が行われたとニュースを流している。

北朝鮮の国情は悪化し続けて、今や青息吐息。国を捨てて逃げる者も後を絶たない。まだ北朝鮮の軍が元気なうちは北に、中国側に逃げていたが、最近は韓国との国境警備にも支障が出たのか南の方へ脱出する者が後を絶たない状況だった。

そこへきて、今回の事件だ。難民の中に工作員が紛れ込んで国境を越え、保護された時点で一緒に逃げてきた難民や保護に来た韓国軍の国境警備兵相手に無差別発砲事件を起こして山の中へ逃げていくという。そして山の中にいったん隠れたら、今度は人里に降りてきてまた無差別発砲事件を行うのだという。この段階では民間人にも相当な被害が出ることになる。今回の事件では二〇人以上が死亡、三〇人以上が負傷、他に警官の被害が六人でている。

この手の事件が、私が臥《ふ》せっている間に何回も、四回も五回も起きていた。延べの負傷者は一〇〇名を越え、死者の四分の一が警官だという。韓国では北朝鮮軍の組織的関与がありうるという一方、北朝鮮は韓国に脱北者の受け入れ拒否と本国への送還を呼びかけているという話だった。

ニュースを聞いてもよく分からない話だった。誰が何の目的でこういうことをするのかが分からない。逃げて国境を越える難民に懲罰を与えているというだけの単純な話でもない。

一言で言えば、混乱している。続いてラジオから流れる韓国の様子では、ヒステリックに脱北者を取り締まれという話が市民から上がる一方、軍は山狩りで数名を追い立てるのに一万人以上を動員しているという話だった。

戦争という形とはまた違う気もするが、大変な事件であるには違いない。潜水艦や漁船のようなもので海を越えて日本へやってきて、同じような事件が起きたら日本は大混乱に陥るだろう。

日本は大丈夫だろうか。そんなことを思いながら、職場に着いた。

そう言えば、Tはどうなったんだろう。ニュースなどでやっていたろうかと思いつつ、席についた。幸い席はまだあった。なくなってまた一人部署だったらどうしようかと思っていた。

すぐ上司に呼ばれる。私は嫌な既視感に捕らわれながら上司と二人で会議室へ行った。大した用事でないなら自分の席に呼び出すはず。だからこれは、大した用事だろう。

「例のプロジェクトだが、年度内に予算獲得のための申請を行うことになった」

上司の言葉を聞いて、はぁ、と私は答えた。小さく頷きもした。上司は私の返事が聞こえなかったか、口を開いた。

「君にはぜひ、このままここにいて研究企画を続けてもらいたいと思っていたが、話は急だ。ロボットのことを専門的に勉強した研究職も数が少ない」

「……転属、でしょうか」

「相模原に」

相模原ならここに配属される前に研修で行ったことがある。日本の戦車開発のメッカだ。

私は頷いた。上司も頷いた。

「色々あったが自分は憎くて君に当たったわけではない。それだけはよく覚えておいてくれ」

保身ですよね、分かります。口には出来ずに上司の言葉に頷いて、私は逃げるように席に戻った。もう秋だ。予算審議に間に合わせるというのなら相当無理を重ねないといけない。

忙しくなる。忙しい方がよい。私はあずきバーの女。固く、噛《か》めないような人生を送る女。

涙も涸《か》れたんでもう出ない。これからは静かに研究をやって余生を過ごしていく。目の前を信士くんが通っていく。私は息を呑んだ。彼は私を半眼で睨んだ。スマートさんには似つかわしくない顔だった。

「荷物整理を急げ」

「……昇進したんですね」

彼は一尉の階級章をつけていた。彼の目は雄弁に何かを告げていたが、私にはそれがなんのことか分からなかった。

「僕も相模原に行くんだ。いいから、急げ」

私は頷いた後で慌ててトイレに行った。自分が激しく動揺しているのが分かる。落ち着こうとして最初にやったことは容姿の確認だった。全然落ち着くための動作じゃない。彼に変な顔を見せたくなかった。鏡で顔を見て、クマ顔ウサ目で顔が大変なサファリパークになっていることに驚愕した。頬までこけている。数日まともな食事をしてないのが効いたか。

化粧をしなきゃ。いや、落ち着こう。私はあずきバーの女。ちょっと温かくなったくらいでは固くて噛めない。それは包装紙にも書いてある。深呼吸しよう。深呼吸。後ろを迷惑そうに同僚が歩いていく。私は場所をどきながら今日はしっかりしたものを食べようと思った。慌てて戻ろうとして、あえてゆっくり歩く。あろうことか化粧道具を持ってきておらず、手で顔を隠して歩いた。

両手で顔を隠しつつ席に戻って両手で顔を隠しつつ荷物整理。さすがに無理があるので下を向いて荷物整理をした。随分な進展だ。

数日休んでいたせいか随分日が迫っている。私にあんなことがあったせいで引越することになったのかもしれない。急な転属ゆえにしばらくはホテル住まいになる。埼玉の実家から通うには少し遠い。

良いホテルだといいなあと思った。研修でも何度か経験したが、防衛省が用意してくれるホテルは蛇口をひねるとシャワーから茶色い水がでるような、残念なところが多い。最近は特に厳しい。そういうホテルにはたまに大手航空会社の客室乗務員さんも結構泊まっていて、どこも大変だなあと思ったことがある。

それにしても家の冷蔵庫には賞味期限や消費期限が定められていないアイスしか入って

ないからいいにしても、食材を買い出しに行った翌日とかだったら大変なことになるところだった。

少し顔をあげて目を動かす。こっちをじっと見ていた半眼の信士くんと目があって隠れる。何が起きたんだろう。荷物を整理しながら考えた。いや、考えていない。荷物整理は大いに進んでほとんど片付いている。データは暗号化されてネットワーク上に存在しているから、実のところ持っていくものなどほとんどない。

顔をあげるとまた信士くんと目があうような気がするので顔を下げたままノートに転勤手順を書き出していく。これはそのままTO DOリストになって、最終的には棒線で消されていく。書いていくうちに段々腹が立ってきた。いや、私は悪くないだろう、なんで隠れて作業しなきゃいけないんだ。

そもそも、彼が悪い。別れのように見せかけてまた出てくるのが悪い。……悪くないけど連絡すべきだ。彼は根本的なところで報告連絡相談が欠けていると思う。

私は憤然と潜水艦の潜望鏡のように顔を上げて彼を睨んだ。彼も私を半眼で睨んでいる。負けるかと睨む。彼が少し笑ったので私は顔を引っ込めた。真面目に仕事をすべきだろう。

思いとは裏腹に、どんな文句を言ってやろうか考えるうちに退勤の時間になった。少々超過して整理した結果、どうにか期日内に転勤できそうな気がしてきた。明日はもう引継ぎだけを行うつもり。私の場合、口頭よりも書面で全部の引継ぎを行うつもりだから、相当の量を書いておかないといけない。

口頭だとうまく喋れないから書面になるが、実際口べたはおいておいても書面の方が便利だと思う。

席を立つ。彼の姿は見えない。ほら、ほら。またこのパターン。きっとどこかで私が涙ぐんだりしているのを見て傾いたり笑ったりしているんだ。

私は背筋を伸ばし、手も伸ばして駐車場へ向かった。私の車の横に彼が立っている。

何と言ってやろうか色々考える。思うだけでちゃんと言えるとは思えなかった。目の前で泣いてしまったら残念すぎる。だから、黙って車に乗り込んで出て行こうとした。彼とすれ違う。

「言っておくが」

腕を組んだ信士くんは半眼で言った。

「僕はちゃんとあの日の翌日から君と同じ職場になっていたからな。連絡が遅いとか、そういうのは僕のせいじゃない」

「だったら電話くらいしてくれてもいいじゃないですか」

私は握り拳を作って言った。

「電話番号を知らない」

「嘘、また嘘」

私は車に乗り込んだ。彼も車に乗り込んできた。私はいつのまにか助手席にズレていた。運転席の彼を見て、彼が少し笑っていたのでその頬を引っ張った。全力で。

「防衛省に出向になった。たぶんもう転属はない」

彼は頬を引っ張られながら言った。

「なんで?」

「理由はともかく、その時に資料なども返納した。機材も資料も。だから君の電話番号は分からない」

彼が理由を言わないのが気になった。彼はエンジンスタートボタンを押して車を起動させた。

聞き慣れたエンジンの音を耳にしながら考える。防諜組織から外されたということだろうか。だとしたら。

「私のせいですか」

「違う。君にこだわりすぎた自分のせいだよ」

彼は車を運転する。私は背筋を伸ばして手を膝の上に乗せて、身を固くしていた。つまりそれそういうことなんだろうかと思った。

「特別手当がなくなったから事実上の大減俸だ」

「わ、私が稼いで養いますから!」

彼が運転しながら吹いた。人がマンガのように吹いたのを初めて見た気がする。彼は笑うかと思いきや、照れている。私は顔を真っ赤にした。何を間違ったかは、よく分からない。

「あー、君は誰より男らしい」

「すみません」

「そういうところも嫌いじゃない。まあ、三年は君のスピーカーとして一緒に勤務することになる」

私は顔をこわばらせた。彼の方を見ずに口を開いた。

「なんで三年なんですか」

「さすがに幹部自衛官が三年で転属になるのは知ってるだろう」

「し、知ってますけど」

「単にそれだけだ」

彼は運転しながら言った。私は首をすぼませる。一分待って口を開いた。

「じゃあ、あの。こ、個人としてはどうでしょうか。三年先の後は」

「僕を養うんじゃないのかい？」

「が」

がんばります。と最後まで綺麗に言えなかった。緊張で随分引っかかった。

第三章　まめたん開発

熊本県熊本市北区植木町に、一つの会社がある。平田機工。産業用ロボットと生産ラインを作る専門の企業である。地味ゆえに目立たないが日本を代表する企業の一つである。

機械の腕というべき産業用ロボットが一斉に動いては部品を組み上げ、あるいはチェックしていく。デモ用の短いラインだが、工学系の人間にとって心が躍る光景だ。

ガラス張りになったデモの工場の中で、蛍光灯に照らされて無人の組み立てや選別が行われている。

色のついたボールを選別し、箱に入れて出荷するデモ、積み木を組み立て、並べるデモ。

動く機械の腕を見ながら、どういう仕組みか考えるのが楽しい。うっかり見入って信士くんに上着の裾を引っ張られるまで気づかなかった。

このメーカーに色々なものを伏せた形でロボットの量産の見積を依頼した。

ほとんどお金にならない検討だけの仕事ながら喜んで受けてもらえた。若手の担当者まてつけてもらい、こちらが恐縮するほどだった。

「ロボットの量産ラインをロボットが作る。夢ですね」

デモラインを見る我々の後ろに立っていた担当者の関野さんは、そう言って笑った。まだ若い二〇代半ばの人物だった。作業着を着て、鼻の頭にそばかすが浮いている。

一方の我々は制服姿だった。見積の結果と説明を受けるために相模原から出張してきた次第。

関野さんは笑顔で口を開く。

「溶接などが特殊な装甲材の組み立てについては資料をいただかないと正確な見積は出せませんが、それ以外はなんとか出来ています」

「装甲については現状考慮しないでも大丈夫です」

「それなら」

関野さんは打ち合わせスペースに我々を案内し、上機嫌に検討結果を広げた。

「年の生産能力を一万台として新工場を建てた場合でいくと三〇〇億円で出来ます」

「一台当たりの製造費はいくらになりますか」

「全部国内調達だと高くなりますよ」

「構いません」

「一台六〇万円は覚悟してください」

私はすぐに関数電卓を叩いて計算した。開発費を上乗せしても一万台作れば三〇〇万円台、五万台なら一〇〇万円程度で作れる。

「工場の建築にはどれくらいかかりますか」

「三年はかかります」

一緒にいた信士くんが渋い顔をした。その表情を見てか、関野さんは苦笑した。

「ライン替えという話なら、半年、一年で出来ますよ。自動車工場なら、ですが。予算も低くなります。ほら」

信士くんはすぐにメモを取って関野さんに頭を下げた。

「ありがとうございます」

「お役に立てればいいんですが」

充分な話だった。話の終わりぎわ、計ったように関野さんの上司という方も来て、関野さんを指しながら、若いが腕は悪くないんですと言った。彼にも良い勉強になるでしょう、とも。重ねてありがとうございますと言うと、関野さんは恥ずかしそうに、いや、実は学生の頃に東日本大震災で自衛隊のお世話になりましてと告げた。

父やその同僚に助けられたのだなあと思いながら、やはり、災害救助のための機能をつけるべきだと考えた。

富士学校での新兵器の開発会議で災害救助について意見が出ていたことを思い出す。新兵器の開発で災害救助の意見が出るのは日本だけだろう。私はそういうところが好きだ。技術的に面白そう。

午後、駆け足で熊本を離れて、新幹線に乗る。次は広島に行かないといけない。

新幹線の中でノートを広げて関数電卓を取り出す。災害救助の機能を低コストでつけるにはどうしたらいいのだろう。一つ確実なのはコストが高いと難しいということだ。

基本的に災害救助に要求される要素は、ひとつ、土木工事で瓦礫《がれき》や土砂を取り除き、人を助けること、もうひとつ、怪我人の搬送だ。怪我人の搬送は比較的簡単にできる。瓦礫や土砂を除くのも基本機能にある。一回に瓦礫を掘り進める距離を短く、細かくすれば人体を傷つけずに瓦礫の撤去はできる。問題は限られたセンサーの能力で瓦礫の下の人を人と認識できるかになる。瓦礫ごと穴をあけては困る。

最も簡単なのはカメラに映る形から人体かどうかを判別しながら掘り進める方法だ。人かもしれないときは人間を呼ぶ。次は別のセンサー系の搭載だ。例えば人の体温を感知する。

しかし、熱センサー搭載はコスト増に繋《つな》がる。カメラだけでやる方向で考えた方がいいかな。顔を上げて横を見る。彼は私が仕事をする様をずっと眺めていた。

ノートを計算機ごと隠す。彼は微笑んで窓の外を見た。

「恥ずかしがらないでも」

「裸を見たような顔しています」

信士くんはこっちを見た。

「どんな顔だよ」

私は顔真似をしようとして失敗した。代わりにちょっと、手を握った。

広島に着き、タクシーで移動。日本製鋼所広島製作所で小型砲について見学する。新砲弾によって一〇五㎜砲で初期の一二〇㎜砲に匹敵する威力を出すことに成功したのに続き、自社ベンチャーとして開発中の七五㎜自動装塡砲の話を伺う。

重量や大きささ、反動からあくまで車載用で今回のプロジェクトには使えないと思った。以前試作された四〇㎜CTA機関砲の方がまだいい気がする。もっとも、それにしたってオーバースペックだ。

ただ部内では歩兵同等の攻撃力にすることについて、疑問視する声もある。開発が先行する装輪FV、つまりは戦車モドキとの棲み分けのためにより小型を志向しているのに、それがなかなか理解されない。

私が腕を組んでいると、横の席の信士くんが面白い顔をしてみせた。彼が思う裸を見たような顔だろうか。思わず笑った後、睨《にら》む。彼はうなずく。どうにかなるよと言うように。

戦車モドキといっても戦車モドキは現状、開発途上に限っても複数種類ある。ファミリー化といって同じ車台でいくつものバリエーションを展開する予定だからだ。今回直接的に私のロボットと競合するのはその中でも装輪FVになる。

装輪FV。FV（八九式装甲戦闘車）の後継にあたる歩兵戦闘車だ。大きな車輪をつけた戦車モドキ。大きな砲ではなく、四〇㎜機関砲と機関銃のみを装備する予定。ミサイルは装備しない。FV、海外ではICVというからややこしいが、海外ではミサイル装備について意見が分かれている。積極的に装備するところもあれば、不要とするところも少なからずある。

日本の場合、FVでの運用成績を元に廃止することになった。装備する重MATというミサイルを撃つにあたり最大二〇秒ほど相手を狙い続ける必要があるのだが、演習の結果そんな時間は確保できないという結論になったからだった。

そもそも戦車の相手をするのは戦車であって一緒に行動するFVの敵はそれ以外になるのだから最初から不要という話もあったとは思うが、おそらく戦車の数で劣る場合を考えたのだろう。用心のためなのだろうが、使いにくすぎるのでは仕方がない。

装輪FVは、そういったFVでの反省を元に、低コストと全国にいきわたるだけの量産を目指している。上から降ってきたようなFVと違い、現場の声に合わせた形で作られるから、こちらは現状、採用確実で量産数も相当伸びるはずだった。

一方、私のロボットは現状海のものとも山のものともしれないものだった。似たような用途、装備では採用される可能性はごく低い。ここはこのプロジェクトの肝になる。反対派の意見を抑えないといけないだろう。

もっとも、反対派の意見も分からなくはない。いかにも非力。競合相手にそう言われるのは分かっている。安く上げても弱すぎるのでは話にならない。

広島で一泊。信士くんと同じホテル。出張だから当然だ。何もなかった。何もなかったことが心配になる。信士くんは奥手なのかもしれない。

こういうとき、どうしたらいいか分からない。人生経験の不足を痛感する。

彼と夕食を食べてホテルへ。自分に割り当てられた部屋の前で別れぎわ、別れがたくなって、なんと言おうか困る。結局何も言えずにおやすみなさいとだけ言った。

ドアを閉める。自分の顔が火照っている。両手で冷やすが追いつかない。寒い時季にはいいなと思った。

翌朝はのんびり。広島からまた新幹線に乗る。東京までは随分かかる。こういうのもいいなと信士くんは言った。早い方がよくないですかと返した。

男女の仲の進展と新幹線の速度をごっちゃにしている自分に気づいて死にたくなる。彼は不思議そう。

彼は私が焦っているのを、たぶんよく分かっていない。私も私がよく分からない。

こういうときは現実逃避に限る。私は駅で買った『保守から見た自衛隊』という本を読み始めた。彼からは趣味が悪いと言われたが、外から見て何と書いてあるのか気にはなる。

かつて防衛省技術研究本部という組織があった。年間予算は年々増加しておおよそ一三〇〇億円。多いように見えてこの二〇年で言えば何かに追い立てられるように軍拡に走る近隣諸国と比べて少なすぎる規模だった。

理由はある。

戦後日本は伝統的に軍事費の負担を軽減していた。軽減することで予算を他に回して奇跡的と評される復興を遂げた。実際は奇跡ではない。戦前戦中に重くのしかかっていた軍事費という重しが外れて、経済という植物が順調に成長をとげた結果だった。第二次世界大戦が始まるより二〇年も前からずっと、この大きな重しは日本経済の成長を妨げ続けていた。

奇跡の日本復興。それは周辺への軍事プレゼンスを放棄した結果の繁栄であり、この役割は元からそれを望んでいたアメリカが喜んで負うことになった。

経済大国日本は軍事大国の立場を捨てて得たものだ。

ところが日本はすぐに、一度捨てた軍備を取り戻すことになる。かつては日本の一部であった、言うなれば大陸日本の一部であった朝鮮半島で戦争が起きたのである。平和憲法を持ったものの、非武装日本の時期は短かった。だから非武装ではなく、軽武装戦略である。

以後日本は経済の重しにならない程度の軍事力を合い言葉に歴史を刻んでいくことになる。

時が過ぎ、情勢は変わった。スキャンダル一つで技術研究本部は潰《つぶ》れたが、代わりに二倍の予算規模で新たに防衛技術を研究する組織が作られた。新しい大量の酒に相応《ふさわ》しい革袋になったわけだ。日本ではスキャンダルは大きく取り上げられたが、その後の経緯はほとんど話題になっていない。ただ中国、韓国だけは自身の軍事力強化をよそに日本の右傾化、軍事大国化だと騒いだ。


私は本を読みながら、隣の席で寝ている彼の手を握ってみた。

彼の顔が和らいだので少し機嫌が良くなり、窓の外を見た。風景が凄い速度で流れていっている。

リニアモーターカーが早くできないものかと、思った。技術者的な興味は色々ある。中を色々見てみたい。

奥手でもいいかなと思った。慌ててうまくいけるほど自分が賢いとも思えない。

そろそろ品川、東京に着いたら乗り換えて市ヶ谷へ行く。それが終わったら真っすぐに相模原に戻って重武装派閥と戦わなければいけない。

私は手を離した。数分で彼が起きる。ゆっくり目を開けないでいきなり目を見開くのは元の職務のせいだろうか。気にはなっているが、まだ聞いたことはない。

「そろそろだね」

「そうですね」

「それじゃあ今日も優れたスピーカーとして働きますか」

「頼りにしています。すごく」

「知ってる」

信士くんは笑ってそう言った。プロジェクトは進行しつつある。

電車に揺られて移動する。男女二人の制服姿での移動は目立つ気もしたが、それより疲れていても椅子に座りにくい気がする。

市ヶ谷に着いて防衛省本省庁舎まで歩いて向かう。ホテルグランドヒルのすぐ傍《そば》にある正門を通り、立ち入る人も少ないメモリアルゾーンを抜けてそのまままっすぐ庁舎E棟へ。

挨拶を済ませて会議の準備。今日は会議のための出張になる。

会議はいきなり遅れた。制服組が遅れた。始まったのは三〇分ほど経ってのことだった。

今日の出席者は一四名。そのうち九人が遅れた形になる。何があったんだろう。不祥事が起きたか、海外情勢で動きがあったかと身構えていたが、遅れてやってきた制服組の顔は一様にほっとした表情で、肩すかしを食らった気分になった。

会議室は簡素ではあるが立派で落ち着いたものだった。折りたたみの机も心なしかお金がかかっている気がする。壁がうっすら茶色なのは、遥か先人たちの煙草のせいかもしれないが。

座長である陸将補が冒頭で口を開いた。

「いきなりですまないが、中国が北朝鮮に警察装備の供給を強化すると発表した。二〇一二年、一五年に続く三回目だ。大規模なものになる」

北朝鮮は国境から南部の韓国へ脱出する国民をとめられないでいた。国境付近には北朝鮮軍の六割が布陣していたが、これらは動かなかった。先頃から工作員が紛れて破壊活動を行うこととセットで考えられて、その理由には色々な説が流れていたが、事実はどうやら大規模な暴動になるのを恐れて軍の弾圧行動は行わなかっただけらしい。これには天安門事件で軍を投入して痛い目にあった中国からの指導が大きかったようだ。

そこからの、警察能力の強化とそのための援助。中国は平和的な解決を強く求めているようだという観測だった。

では、工作員が紛れ込んでの銃の乱射とか、あれはなんだったんだろうと思っていると、座長の横にいた丸い顔の一佐が口を開いた。

「どうやら銃乱射の方は、向こうの警察部門がやっていたことになったらしい。実際はどうかは分からないけどね。担当者は処刑されたようだ」

「なぜあんなことを」

誰かが呟《つぶや》いたのを、先ほどの一佐が拾ってさらに言葉を続けた。

「北朝鮮軍が動けないなら韓国軍にとめてもらいたかった、という狙いだったみたいだね。実際韓国では脱北者を押し返すような動きもあったから」

「ということで、ひとまず危機は沈静化するとは思う」

締めくくるように座長はそう言って笑った。ノートに、危機って何？ と書き殴っていたら、信士くんが私のペンを借りて左手で器用に〈危機＝北朝鮮崩壊〉と書いた。

私は少し考える。要は中国が北朝鮮崩壊阻止に向けて動いたということか。もし北朝鮮が崩壊したら大量の難民が出て周辺国に押し寄せるだろうし、日本もその対応に追われて自衛隊にも警備出動がかかるだろうから、それが回避出来て嬉しい、ということなんだろう。

私がその旨を書くと、信士くんは八五％正解と書いた。

残りの一五％が気になる。一〇％でも二〇％でもなく一五％の理由も知りたい。私は曖《あい》昧《まい》なのが嫌いだった。信士くんには私のこういうところを分かって欲しい。

私の心の動きとは関係なく、場は納得の雰囲気。座長はほっとした表情で言葉を続けた。

「我が国で最初のロボット兵器になる。腰を据えていいものを作ろう」

偉い人の言葉は難しい。来年度の予算獲得を断念するということなのかどうかも分からない。よくよく意識を集中して考えないといけない。私は気分を切り替える。

信士くんが立ち上がって一礼。説明を開始する。

「基本的なコンセプトはこうです。有事が想定される際に六ヶ月から一二ヶ月で最新の戦闘ロボットを一万体用意します」

会議出席者たちのうち、制服組が軒並み唸《うな》ったのが印象的だった。

「つまり平時は、用意しないということかね」

「そうです。ロボットは陳腐化が早いので、設計や試作にとどめ、これを年次更新していきます。有事を前に量産するという段取りです」

制服組が一斉に小さく手をあげた。頷《うなず》いて一つ一つ、意見を聞く。

「平時の訓練はどうするんだね。半年一年で訓練するのは無理があるぞ」

「協同訓練以外は不要です。ロボットは無人でプログラムによって動きます。自身の塹壕《ざんごう》構築や弾薬補給も自力で行います。整備も可能な限りに簡素にして、工具不要で大きな部位単位でアッセンブリ交換出来るようにします。人間は基本的に座学以上は基本やりません。意識しないでも普通科の火力は増大し、あるいは機甲突破の際、自動で支援が行われます」

技術部門の出した答えがそれだったが、制服組の多くは批判的だった。そんなこと言われてもという顔をしていた。

「超兵器だね」

「いえ、そんなに難しい技術ではありません」

「法的にはどうだい」

別の幹部がそう尋ねた。はす向かいに座っている、これまで一緒に戦闘ロボットの法的な位置づけを研究してきた防衛省職員が口を開いた。

「憲法も含めて問題はありません。このロボット自体に主体的な攻撃を行う機能はありません」

「味方と敵をどう分類しているんだ」

「画像処理での判定の他、敵味方は電波的に識別されます。現在実験されているReCs2（基幹連隊指揮統制システム二型）に完全に統合される予定です」

ReCs2は陸自の現場における情報処理システムのことだ。現場からの情報を集め、情報を処理、統合し、また情報を現場に戻す。ReCs2になってからは限定的ながらデータベースの参照も可能になった。ReCs2は今や作戦の指揮統制や命令、計画を行うための必要不可欠な道具だ。

2というからには1もある。ReCsそのものは前世紀から使われていたがこの頃はまだ戦車用と普通科用とに分かれていた。ReCs2になってから飛躍的な発展を遂げ、兵科を跨《また》ぐ運用はもちろんのこと個人レベルでの情報処理も可能になっている。全ての歩兵、一〇式以降の戦車と装甲車、そして火砲は、これで情報的に連結される。

普通科（歩兵）で言えば、Ｉイルミネーターという眼鏡とヘッドホンが合体したような形をしたカメラとイヤホンマイク、位置発信システムと情報表示を組み合わせた機材を頭に装備して、それによってＲｅＣｓ２と接続した。後方の基地からでも一人一人の状況やそれらが集めた情報を見ることが出来、また統合され一元化されたことで柔軟できめの細かい指揮が執れるようになっている。

同様のシステムはアメリカが先行し、日本はそれから遅れること僅か五年で国産化し、採用した経緯がある。北海道でのアメリカ軍との協同演習で対戦した自衛隊はＩイルミネーターを装備するアメリカ軍に大敗し、それで導入を急いだのだった。

北海道での協同演習でアメリカ軍に大敗して新装備を調達するのは軍事衛星というか情報収集衛星やＧＰＳに続き三度目のことだったので、関係者は相当苦い思いをしたという話だった。

「二型と言えばあれの供与実験はどうなってるんだ」

「ミャンマーの傭兵部隊ですか。管轄が違うんでなんとも、ただ中国相手に善戦しているのは間違いないようです」

あちこちで雑談が飛んでいる。座長が話を制止した。口を開く。

「コンセプトは分かった。が、この案は面白いが難しいだろう。実際の量産の時に値段が跳ね上がったりするんじゃないか」

「契約次第です。それに思ったよりずっと安いのがコンセプトの肝です。この計画において、高いロボットは制式化する意味がありません」

信士くんは柔らかく言った。

「緊急量産とすれば年次予算には入れられないだろうから臨時的な財政支出になる」

「どうせ、有事では砲弾や誘導弾の備蓄もしなければいけません」

「そうなんだが」

座長は難しい顔をしている。そう、難しい話なのだ。部内でもその話はでていたし、そのための今回の会議でもある。有事が想定される際に、臨時的な財政措置が取れるかどうかは議会の安定性で決まる。与野党伯仲では正直あやしい。政争の具になる他、時間がかかり過ぎる可能性がある。この点を懸念する防衛省関係者は非常に多い。平時から誘導弾（ミサイル）の保有数を増やそうという議論は昭和の昔から存在している。

「正直、その意見にひっかかると大変だと思う。やっぱり普段からある程度量産していた方がいいんじゃないか」

丸顔の一佐が親切そうに言った。

「調達数が少ないと高くなってしまいます。このままでは。するとそもそもの意味がなくなります」

実際、戦車は年間の調達数がごく少ないので生産工場に専用ラインがなく、他の重機に混じって作られていたりする。当然効率は落ちるしコストも高くなる。まとめて一気に出来ないのが、日本の宿命的な兵器高コスト体質の問題だった。私のロボットは、期せずしてそれと正面から対峙《たいじ》することになっていた。

全員が唸った。座長は腕を組んだ。白くて立派な、長すぎる眉が気になる。陸上幕僚監部の装備部長である彼は調整の名人と言われていた。もっとも陸幕に調整が苦手な人はいないだろう。上に行くほど調整こそが主な仕事になる。

「まあ、開発は進めよう」

座長は最初にそう言った。

「継続的に研究開発を進める一方で、一気に量産することが可能かどうかの検討を行う」

要するに決断は先送りだった。研究開発は続行なのだから文句はないし、将来に含みも持たせている。よくある形ではあった。そうなることは皆で予想もしていた。

会議が終わり、若い私の代わりに開発のリーダーになった八木さんに連絡する。彼は今回、相模原で再来期の予算に間に合わせるための突貫工事を指揮するためにこちらへは来ていない。おそらくそれは理由の半分だろう。発案者である私に気を使って、八木さんはこういう采配をしたに違いない。気の利く人で、私としては八木さんがリーダーになることに不満は全くなかった。

電話口の八木さんはああうん、そうだよねえと言った後、よくある話だよと笑った。この人はリーダーになった後も私に悪いねと言ってくれて色々よくしてくれる、信士くんの次の味方だった。

なんだかすっきりしないGOサインだなあと思っていたら、信士くんがレストランかどこかで食事するかいと言った。

危うく聞き逃すところだった。重要なので二回うなずく。レストランで二人での食事は初めてだ。何というかデートの匂いがする。いや、デートと言い張れる。言い張ろう。

警官も自衛官も、世間に対する遠慮というものがある。飲んで陽気に騒ぐと、それだけで不謹慎と匿名の苦情がいっぱい入ってくる職場だ。制服姿はなおさらで、だから仕事帰りにそのままの姿で行けるレストランは非常に少ない。結果として自衛隊御用達、防衛省御用達の店が出来る。自衛官ばかりがいる店の誕生だ。

私達にしたって状況は似たりよったり。結局すぐ近くのスティモーロというイタリア料理店に行く。防衛省職員もよく来る店で、静かで雰囲気の良い店だった。

「お二人で」

「はい」

席につき、私は格好を気にする。急におしゃれしたくなる。自分の眼鏡も野暮ったい気がする。上目使いで彼を見る。彼もなんだか恥ずかしそう。

「制服だとお酒飲めませんね」

ウェイターさんもそこはよく分かっていて、お水をもってきてくれた。おいしいミネラルウォーター。ワイナリーが作った葡萄《ぶどう》ジュースもあると言う。二人で白葡萄のジュースを頼んだ。

「君が飲んでいるところは見たことないな」

ウェイターさんが言った後、彼は笑ってそう言った。差し向かいで食事というのは初めてで、照れる。私はメニューを装甲材にして顔を隠した。

「信士くんは飲むの？」

「飲めはするけど飲まないな」

防諜の仕事は大変だなあと思った。でも、それはもう、前の話。

「もう飲んでもいいんじゃない？」

今は私の信士くんです。どうやってこれ以上仲良くするのかは、分からないけれど。

「身についた訓練というものはそう簡単に抜けないよ」

私は頬を膨らませた。テーブルの下で彼の脚をつついた。彼も何気ない顔でつつき返してくる。

おきまりですかとウェイターさんがやってくる。私はメニューを装甲材にして隠れた。

応対は信士くんが行った。

料理はなかなかのものだった。今度はワインを飲んでみたいなと思った。彼から甘くないよ、あれと言われて、味が想像出来なくなる。どんなものだろう。成分表が見たい。

「二人だとすごいね」

「何が？」

「コンビニのうどん以外を食べるんだもの」

私がそう言うと、彼はいい顔で笑った。

「まあ、確かにおしゃれなイタリアンレストランに一人じゃ行かないね」

「私は家族でも行ったことないかな。ファミリーレストランはあったけど」

経済状況が悪かったわけじゃないのよと私は言い足した。ただ、私は食に対して冷淡だったので、両親は奮発する気になれなかったらしい。思えば、もっとおいしいとか全身で表現すればよかった。

「明日の予定は」

「相模原で報告会と会議」

「報告書書かないとなぁ」

「家に帰ってからでいいんじゃないか」

「そうね。うん。今は料理を楽しもう。うん」

バーニャ・カウダが美味しい。コンビニのそれと違って魚のソースという感じがする一方で、生臭くもなく、油でごまかしたというところがない。あれ、料理を美味しいと思う体質だったかな。それともこれも二人一緒だからだろうか。だとしたら幸せ太りという現象について解明出来る気がする。

沢山食べてたわいもないことをお喋りした。市ヶ谷駅までの帰り道、白い息を見て笑った。手を広げて彼を見た。

「ロボットになんて愛称をつけましょうか」

正式にはLTKという開発符号がつけられるが、ここ最近の開発現場では秘匿のために別途愛称をつけることになっていた。たわいもないように見えて名称が混在するとスパイはかなり混乱する傾向がある。実際中国は開発中の装輪戦車が二種類あると誤認しているようだった。

彼は私の顔を見て微笑んだ。遠くを見て、また私を見た。

「まめたんかな」

「可愛い名前」

「大昔の豆タンクの子孫みたいなものだからね。だが現在豆タンクを採用している国はない。そこが結局は、プロジェクトの成否を決めると思う。それを忘れないように、まめたんというわけ」

思ったよりずっと真面目な答えだった。私としては二人の子供として名前をつけるみたいな気分だったので、面白くない。

「なんですか、豆タンクって……」

「旧軍で使われていたTK車とかだね。小さい可愛い戦車だ。元は弾薬運搬車だったけど、簡易な戦車として広く使われた。当時の貧乏国だった日本にとっては広く使いやすい低価格の戦車は大変な意味があった。一方でアメリカ製戦車にはまったく歯が立たなかったという事実もある」

当時の事情を知るわけではないが勝てない敵と戦うのは悲劇だ。悲劇に陥った理由は色々あるかもしれないが、悲劇に陥った被害者である豆タンクに問題があったのかといえば、たぶんそうじゃない。用途を結果として間違えざるをえなかったというだけだ。

彼は私の頭を撫《な》でながら言った。

「他にも似たようなのがある。もう少し時代が下れば空挺戦車という名前ででている。シェリダンというのがあった。今だとヴィーゼルだけかな。ドイツの」

「それはどういうの？」

「空輪性を生かした車輛だね。装甲はまあ、まめたんと同程度だ。目的はうちのロボットに似ている。空挺部隊はパラシュートを使う関係で必然として軽武装になるから、その火力支援に使う」

「うちは歩兵の支援というより置き換えだから」

私は突っ込みを入れた。

「ああうん、そうなんだけどね。というか、あー。いや、なんでこんな話になったんだか」

「もう少し可愛い話がよかったね。そうか、でも、まめたんという語感は可愛いかな」

「あ。そこ?」

「そこが重要なんです。うちのは可愛くないと」

「威圧的だと確かに煩《うるさ》い連中が騒ぐだろうからなあ」

私は宙に手で丸い形を書いた。まめたんの形。うん。可愛い気がする。

「車に積めるのがいいな」

「軽自動車に?」

「高機動車に」

付き合って私が真面目に話をした途端、彼が茶化すので私は唇を尖《とが》らせてそう言った。

「一mの立方体なら四機は詰めるね。トラックなら縦積みできるから一六機はいける」

彼は笑いながらそう言った。

「ヘリにも積みたいですね」

「空挺降下はともかく、空輸性は重視したいね」

二人でまめたんの話をしながら市ヶ谷駅へ。これから頑張って相模原まで帰る。

初デートというにはちょっと仕事に寄りすぎた気がする。また制服だと手を繋ぎにくい。次は私服にしよう。仕事がらみの話もしない。心に決めた。この大切なことをメモ、メモしないといけない。

小さなノートとペンは欠かさず持ってきている。書いていたら信士くんに笑われた。

「仕事熱心だね」

違いますと言おうと思ったが、この格好での反論ははばかられた。制服は重要だ。そう言えば、問題は大抵制服を着ていない時に起きると聞いたことがある。確かにそうかもしれない。

翌日、信士くんと一緒に出勤した。相模原の陸上装備研究所は普通の町の中にある。近くには巨大なアメリカ軍の相模総合補給廠もあり、それと比べればずいぶんささやかな敷地だった。

時刻はまだ朝の六時台。渋滞もなく、自動車で通勤するには丁度いい。コンビニの商品を輸送するトラックの他、この日は米軍の輸送車が妙に多かった。戦車輸送用トレーラーまで見る。

出勤してすぐに着替える。昨日の食事のことが頭に残っていて、おしゃれについて検討をしようと、そんなことを考えていた。

自分の席に向かって心なし軽い足取りで歩く。席に着いたのは六時半だったが、もう職員が沢山いた。これにはびっくりした。いつも通りでいけば、皆朝八時頃に出勤してくる。見れば開発リーダーの八木さんが、珍しく難しい顔をしている。冴えない顔で目は落ちくぼんで万年くまの出来ている人だが、見た目とは裏腹に活動的で気が利くし、配慮も行き届いている名管理職だった。

「おはようございます。どうかされましたか」

私の表情を見て、信士くんが代わりに切り出した。八木さんは顔を上げて微笑んだ。

「昨日はお疲れ様でした。ニュースは見てなかったのかい」

「すみません。帰りが遅かったんで。中国が警察装備を援助するという話ですか」

「いや、韓国と北朝鮮軍が交戦」

昨日の今日での激変だった。あの会議のあと、また状況が変わっていたらしい。私と信士くんが驚いた顔をしているとすぐに人が集まってニュース内容と解説を始めた。実のところ、ずっと話したかったようだった。八木さんも注意することなく、ある程度話合いを容認しているようだった。浮き足立つのも分かるというところだろうか。

事態は昨日の夕方に起きた。今までにない規模の脱北者の群れが国境を突破、韓国軍に助けを求めようとしたところ、ここ最近の脱北者に紛れた工作員騒ぎに神経を尖らせた韓国軍が脱北者を威嚇射撃して追い返そうとしたところ過って死者がでた。これに対する北朝鮮軍の動きは鈍かったが、一部の部隊が応対して脱北者を守るために韓国軍との交戦を行った。これが、混乱に輪をかけた。

「北朝鮮軍が脱北者を守って戦うというのは、我々のイメージと大分違いますね」

誰かの発言だが、私もそう思った。北朝鮮軍もまともな軍隊だったということだろうか。みんなはどうだろう。世論はどうなのか、家に帰ったらネットで確認してみたい。

「いやー。組織だった攻撃ではないみたいだけどね」

足回り担当の磯貝さんが言った。この人は我々より一回り上の自動車業界からの転職組だった。子供に娘さんばかりが生まれるのを気にしてか、PC作業をするときはエプロンをつける妙な癖がある。厳密には服務規程違反だと思うのだが、誰も注意しない。

「暴走みたいだね。韓国軍にしても基本は受け入れをしてたみたいだし」

「謀略とか」

「それにしては規模が小さいしタイミングも変だね」

いろんな人が口々に話をはじめた。うわさ話に花が咲き乱れそうなところ、八木さんが制止する。さすがというべきか。熱くなりすぎる前に、そして予断が入り込みそうな時を狙って介入している。

「はい。それまで。実際のところは現段階でもまだ分かってない。今日は今日の仕事をやろう。実際はそれしかできないだろう。まだ戦闘は続いているようだから、実際どうなるかも分からない」

まだ戦闘していたんだと私はびっくりした。確かに気になる。これまでは小競り合いがあっても数時間で終了していた。戦闘が翌日まで続くのは、珍しい。

なんだか浮き足立った気分のまま、作業する。

愛称をまめたんにします、と信士くんがメールしたところ、一斉に部内で笑い声があがった。かなり受けている。八木さんもいいねと言っている。軽いノリだった。この部署は全般として若いから許されたのかもしれないし、あるいはやっぱり、私だけでなく浮き足立っていたのかもしれない。

まめたんは基本的な設計をメーカーに頼らず、内部でやることになっていた。もっともいきなり設計に入るのではなく、まずは必要な技術研究からはじめなければいけない。まめたんを構成するそれぞれの要素の要素研究を積み上げ、集成し、その次の段階で、実際の試作の前段階として新技術の実証実験車を制作してその新技術が想定通りの働きをするかどうかの試験を行う予定だった。

要素研究という点では、旧技本の時代から防衛省には防衛技術が随分蓄積されている。まめたんは開発期間を短くする狙いもあり、軽量化や差別化のために装備は人間用のものを流用、装甲も高望みをしないということで、基本的にはこれまでの技術の流用で済ませられる。ただ、どうしてもゼロから研究をやらなければいけないことがあって、それが脚を含めた足回り……移動系と、無人機としての制御系プログラムだった。他に重要なこととして、ダメージや衝撃を受けた場合の研究も進めないといけない。このサイズの機器での対弾性がどうなるのか、まともな研究はない。

　足回りについては、旧来の無限軌道を装備する装軌方式と、脚と車輪を併用する方式の二種類があり、そのいずれを選択するかが難しいところになっていた。全長を一ｍとする場合、脚と車輪以外に選択はないが、装軌方式は長年培ってきた技術で信頼性も高く、設計までの時間が短いことが利点とされた。

　これとは別に全長一ｍ、幅一ｍというサイズを疑問視する声もあり、大型化したらどうかという話があった。設計を進め、実験を繰り返すうちに現場やら実験現場の要望が重なって大型化を余儀なくされることを見越して、最初から大きく作ったらどうかという話だった。この場合、全長が長くなる関係で装軌方式での不整地走行能力の不安がある程度払拭されるため、こちらの場合は装軌方式一択という感じだった。

　客観的にいって、脚と車輪の方式は分が悪い。

　私自身は最初にスケッチしたのが足つきの超小型機だったこともあり、そちらにこだわりがあった。が、決断はリーダーの八木さんが行うことになり、おかげで客観的な判断に税金の使い道を委《ゆだ》ねることが出来た。と思う。

　数日で分担して資料を作り、紙というか表計算ソフト上で簡単な比較を行った。条件を色々変えて比較検討した結果、最終的に二つが残った。

案一、全長四m、全幅二m、重量四t。装軌型自動戦車。武装二〇㎜機関砲。武装なしの状態で貨物一tまで輸送可能。

案二、全長一m、全幅一m、重量〇・一五t。車輪／多脚自動戦車。武装なし。貨物五〇kgまで輸送可能。

案一はドイツが採用している空挺戦闘車に似たサイズ、装備になっている。

案二は私の原案にほぼ同じだった。数人がかりとはいえ数日の検討では私の数ヶ月を超えるのは難しいから、当然だろう。延べ日数で検討作業量に大差がついている。

比較した結果、案一はお手本があり、自動車用の民生エンジンが使えるなどのメリットがある。一方で大きい分輸送コストがかかり、また被弾面積が案二と比較して大きいため、サイズや重量差ほど総合的な防御力は優れていないとされた。

案二は要求があれこれ増えた場合の拡張性がなく、足回りで革新的な（あくまで自衛隊から見れば）ものを使い、また似たサイズの前例がないため危険度が大きいとされた。

どちらを選ぶか、難しい判断は開発のリーダーである八木さんにまかされた。

双方の案について報告を受けた後、八木さんは一人で悩むと言って会議室に籠《こ》もり、数時間我々を近寄らせなかった。

「いい手だね」

とは、信士くんの談。どちらの側にも熱心な支持者がいて、選ばれなければ不満が残るという関係上、競《せ》った印象を強く残した方が人心掌握術としては正解という話だった。

どうだろう。八木さんは本気で悩んでいる気もする。

夜八時頃になって八木さんは会議室から出てきた。心なしか髪の毛が薄くなっている気がする。

「案二を選択する。案一も比較用として検討はすすめるが、案二を主力として今後研究を進める。色々考えたが、より小型の方が我が国の国情に合うと思う」

皆、唯々《いい》諾々《だくだく》といった様子だった。髪の毛が薄くなるまで考えた人の決定に異を唱えるのは難しい。

「案一は前例があるといっても採用実例はドイツだけ、それも試作から一〇年後の量産だからなあ」

八木さんはそう言って決断の根拠を述べた。他国で同サイズの車輌の採用例がないのは、四輪の軽装甲車でよいではないかという意見が出たためだとも。

八木さんはこうも言った。

「この点、案二はこれで代替しようというものがない」

「普通科があるじゃないですか」

足回り担当の磯貝さんが口にした。この人は担当者として防衛省としてはまだ挑戦したことがない脚歩行形式に相当危機感を持っていて、ひいては八木さんの決定にも懐疑的だった。

八木さんは磯貝さんの意見に対して頷きながら口を開いた。

「普通科が下車戦闘すると機動がとまる。よって機動戦を仕掛ける際には下車戦闘をしないように運用するが、急ぐあまり無理に歩兵を使わないで被害を出すケースや、そうならないまでも下車戦闘を選択して機動力を失い、作戦が失敗するケースがある。まめたんならそれがない。戦闘は流れるように機動力を保持したまま行うことが出来、部隊全部の機動力は結果として大きく向上する。それに、人の命の価値は自衛隊では高い。高すぎるのではないかと心配になるくらいだ。自衛隊に限っては人命で機械の不足を補う話にはならないだろう。むしろ高すぎる人命のリスクを和らげる意味で、この装備は歓迎される可能性があるね」

ここまで丁寧に説明されては、引き下がるしかない。これ以上の反論は命令違反に問われかねない。磯貝さんは思い詰めた顔で家に帰っていった。

どうあれ、これで私の個人としての意見は部署としての意見になったわけだ。ここからの問題は足回りと制御系になる。制御系、なかでもソフトウェア分野で防衛省は随分立ち後れている。足回りについていえば、ベースになる技術を探すところからだ。目星はいくつかつけているが、それに当たって技術を購入し、実験を行わないといけない。

足回りは、このプロジェクトの成否を決める。私はそう考えていた。

走攻防、即ち機動力、攻撃力、防御力の三要素のうち、まめたんは走、つまり機動力に振った機材になる。攻撃力は歩兵同等、防御力は歩兵に毛の生えた程度だから当然だ。機動戦においてまめたんは戦車の死角をカバーし、ビルの影や茂みに潜む歩兵を掃討する役割を担うことになる。

そんな使い方をする上では結局、戦車の機動についていけるか、それが全ての問題になる。おそらくは戦車の左右に展開するだろうから戦車以上の機動力が必要になるだろう。それが出来なければ、絵に描いた餅で終わる。

夕方になって皆が急いで帰り始める。ニュースが気になって仕方がない。多くの自衛官やその家族が、どうなっているのかと気をもんでいるだろう。対岸の火事にしては朝鮮半島は近すぎる。それが正直な私の意見だった。

私が小さい頃、確か一九九五年頃に北朝鮮と韓国の緊張が高まった時がある。夜中、ソウル市街を戦車が秘密裏に北に移動しているようだという情報が寄せられて父が慌てて勤務に行ったのを見送った覚えがある。母はその後ずっとテレビを見続けていたものだった。

あの頃と似ているなと、私は思った。九五年の時は何もなかった。今回はどうだろう。信士くんと軽自動車に一緒に乗って帰った。二人でどうなるかなと言い合った。信士くんと別れ、自室に帰って着替える。普段よりちょっと可愛い部屋着。帰りに寄って買ってきたお総菜と、ネットを見ながら作った料理一品。豚肉の生姜焼き。ご飯も三合ある。戦闘準備は出来た。

私は深呼吸のあと、自然さを演出するためにTVをつけながら信士くんに電話した。すぐに出てくれた。

「そろそろ一九時のニュースだね」

「うん」

「一緒にニュース見ない？　食事でもしながら」

「見終わったら弁当を買いに行くところだった。分かった。すぐ行くよ」

「食事は買ってこないでいいから。待ってる」

電話を切る。急に緊張してくる。きっかけとしては完璧だが、誘う理由としてひどかった気もする。いや、しかし。なんというか、もっと一緒にいたい。

私は顔を手で冷却した。チャイムが鳴る。彼だった。エプロン姿の私を見て彼が傾いている。

ひとまず勝利でいい気がした。

「もう始まります」

テレビでは大きな音が鳴っている。ニュースが始まったのだ。いきなり砲撃の音から始まっている。

〝緊迫の朝鮮半島情勢。今日はついに砲撃が〟

「気の抜けたアナウンスだな」

信士くんがぽつりと言いながらテレビの前に座る。私も横に座った。

父や母も見ているんだろうなと思った。

〝本日も戦闘は続いています。戦闘の区域は拡大し、小競り合いから戦争を思わせる状況になってきました。特派員のイケダさん？〟

〝こちらイケダです。韓国軍は昼過ぎから猛烈な砲撃を展開しています〟

〝国家非常宣言が出されたそうですが？〟

〝はい。ソウルでは市民の多くが戦火を逃れて南方に避難を始めており、各所で大渋滞やガソリンの買い占めなどがおきています〟

〝日本人はどうでしょうか〟

〝外務省の避難勧告を受けて多くの企業で日本人の脱出が始まっています。ただ空港やフェリーの出ている釜山の港は大混雑しており、避難は容易ではありません〟

〝ありがとうございます〟

場面が切り替わる。私は信士くんを見た。彼は画面を見ながら、横目で私を見返す。

「大変そうだね」

「自衛隊にも出番、あるかもしれないですね」

「押し寄せて来る韓国人、それを抑えるための警備活動か。自衛隊ではやりたくないなあ。警察が頑張ってくれるのに期待するしか」

「そうね、そう思う」

警察も大変だとは思うが、それが偽らざる心境だった。軍隊が出てきて警備活動となると、物々しさが違う。街路ごとに自衛隊員が立つのは相当なインパクトになるだろう。世界に放送されれば経済にも影響があるかもしれない。

〝先ほど入ってきたニュースです。北朝鮮の国営放送は二日前からずっと国歌を流し続けていましたが、昨日夜以降休止期間があけても放送が停止したままになっています〟

休止期間とはなんだろうと思ったら、テロップが出た。北朝鮮では常時テレビ放送は行っておらず、朝夕の一定時間だけ行っているとのこと。

〝また、未確認の情報ですが首都平壌で複数の火の手が上がっているという情報が入ってきています〟

続報に私は首をかしげた。彼を見る。彼は苦笑した。

「僕だって何でも分かる訳じゃないぞ」

「そうだけど」

私の握りやすそうな手が空いていることは察して欲しい。私は左下を見た後、テレビを見ながら考えた。作戦は失敗だったかもしれない。この状況では手を握るのも難しい。全てを自然な流れで進行させる良いアイデアと思ったのだが。

「韓国軍がやったものでなければ、北朝鮮内での話だな」

彼のつぶやきを聞いて、私はうまく事態を想像出来なかった。

「政変ですか」

「クーデターかもしれないね。放送局を取るのは最初の一歩だし。ただ、違うかもしれない」

「そうか。想像して不安になっても仕方ないよね」

「そうだね。食事でも食べようか」

「あ、うん。味は、自信ないけど」

「大丈夫、大丈夫」

「何が大丈夫ですか。味覚ですか、胃袋ですか、演技力ですか」

「たぶん愛情」

私は両手で顔を隠した。冷却が必要だ。

「ごめん」

「そこは謝るところじゃありません」

彼は鈍感なのかもしれない。演技ではなさそうなのは体の傾きを見れば分かる。

そうだ、まめたんが傾くようにしようと私は思った。塹壕などの斜面の向こう側から車体を傾かせることが出来れば被弾面積を狭くしつつ戦闘することも出来るだろう。七四式戦車や九〇式戦車では既に実装されている機能だが、まめたんならプログラムを少し書き加えるだけで簡単に出来そうだった。

それと、まめたん同士が手を繋ぐこともやりたい。いわゆる連携プレイだ。プログラムの問題から限られた状況でしか使えないが、協力、連携して動くことでより大きな塹壕構築などが出来るようになる。これによって強化された塹壕構築力は札幌の雪祭りや災害救助でも役立つだろう。

私は顔を覆う手の指の隙間を広げて彼の顔を見た。彼が難儀している。何か言わなければ。

「料理、温めるね」

もっと素敵な言い回しがしたい。あと、仕事に逃避するのもやめないといけない。

相模原の技術研究本部陸上装備研究所は、今では単に防衛省陸上装備研究所という名前になっている。漢字が何文字か減って予算は増えた。取引としては上出来じゃないかと、上司の誰かが言っていた気はする。

翌日出勤すると、昨日とはうって変わって人が少ない。

「人が少ないね」

私が言うと信士くんは私の席の隣に立ちながら口を開いた。

「いつもこんな感じだと思うけど」

ちょっと手を出す。彼が手を握る。人の気配がして慌てて手を離した。彼は一瞬で遠くに移動している。見事だった。

「クーデターみたいだね」

やってきたのは八木さんだった。私と信士くんの両方を見て、口を開く。

「喧嘩でもしたのかい」

「いえ、別に」

二人同時に返した。いや、それよりはクーデターだろう。

「クーデターですか」

「同期から聞いた話だ。間違いない。昼にもニュースになるだろう。北朝鮮の独裁者一家は中国に亡命したようだ」

「どこがクーデターをおこしたんですか」

「北朝鮮軍部だ」

八木さんはPCを立ち上げながらそう言った。今後は軍の評議会が政権運営するという。

私はそうかとうなずきつつ、ロボットでの不整地走行の研究をする大学や研究機関をリストアップしはじめた。戦車はともかくロボットについては無知な足回りの担当である磯貝さんに渡してあげるつもり。

私の方は制御系のプログラムについて研究をしないといけない。これについては大学院で主にやっていたことでもあるし、ある程度目処《めど》がある。プログラム的には基盤としてRTミドルウェアがあるし、口頭命令の技術も確立されている。以前と異なり現代では画像にしても音声にしても認識率は相当上がっている。

RTミドルウェアは、日本産のロボット共用OSみたいなものだ。これまでロボットを試作するたびにプログラムも一から書いていたが流用率を高めようという試みで、これによって実際流用率が一気に高まり、大幅に作業が短縮された。

それを利用して今回は軍事ロボットを作るわけだ。

軍事用として専用に追加される部分としては、損害を受けても残存機能で戦闘を続行するように自己再編できる機能がある。故障したらエラーを表示して止まる、では困る。

夜に帰って、料理のレシピ本を見ていたらニュースで北朝鮮でのクーデターの話が出ていた。国境での砲撃戦も終わっていて、国境付近の紛争も終息に向かうだろうという話だった。

一ヶ月もすると一時的に暴落していた韓国の各種経済指標も上向き、平穏が戻ったような気配になった。中国は独裁者一族の亡命受け入れをしたものの、かねてから世襲を嫌うゆえに北朝鮮に帰すこともなく、軍評議会を支持する形を取った。日本やアメリカは慎重な見方を崩していないものの、安定し始めたのは誰の目にも明らかに見えた。

この頃、足回りでは技術導入のためのサンプル購入について目処が立って、来期での予算申請を行うことになった。

ＹｏｕＴｕｂｅに上がっている動画を見る限り、サイズはまめたんより少し小さい程度で、機動力は充分という感じだった。瓦礫の山を時速一〇㎞程度の速度で脚で踏破、将来的には地震や原発事故対応に使いたいというメーカーコメントが寄せられていた。

四本脚なのでそのままでは使えないだろうが、それでも流用したり参考にしたりする部分はとても多いように思えた。テストが順調なら再来期にはメーカーに依頼して六本脚を試作する話になるだろう。信士くんがぎりぎり部署にいる間に、目鼻をつけることが出来るかもしれない。

そんなことを考えながら仕事をしていたところ、八木さんが顔を真っ赤にして飛び出して行った。

「どうもアメリカから横槍《よこやり》が入ったらしい」

信士くんがこっそり教えてくれた。

「横槍って何？」

「まめたんではなくて、ＴＹＰＥ２１１を使わないかという話をしている」

ＴＹＰＥ２１１はアメリカ軍が先頃正式採用に向けて本格的に開発するとしたパワードスーツだった。新規でまめたんを開発するよりこちらの方が安いからこれを使えと言うことらしい。

「兵器の売り込みね」

「そうだな」

私は嫌な顔をした。過去何度も、アメリカが口を出し始めて政治的妥協で開発取りやめになった装備があるからだ。今度もそうなるかもしれない。

「強敵……になるのかな」

「性能ではないところが強敵だね」

信士くんは苦い顔。要は政治力が強敵だということらしい。

去年の夏のはじめ、ごく初期の段階でパワードスーツとの比較検討はしたことがある。その時のノートを引っ張り出して見てみると、あまり検討しないで案を破棄しているのが分かった。

前例がない方が研究のしがいがある、ロボットロボットしてた方がいいよねとか、それくらいの理由で破棄していた気がする。

どうしてもっとよく検討していなかったんだろう。私が落ち込んでいると信士くんがこっそり私の肩に手を置いた。

「大丈夫」

何が大丈夫かは分からないが、それで少し落ち着いた。

八木さんはまだ帰ってきてないが、さしあたってＴＹＰＥ２１１とまめたんの比較資料を作ることにした。まめたん存続のために理由をこじつけるのは技術者として忍びない、だが愛着はあるというなかで、葛藤を抱えながらの資料作成だった。

目指す性能は似通った装備ではあるものの、基本ＴＹＰＥ２１１は普通科……歩兵の拡張。まめたんは普通科の一部代替を目的にしている。ここが最大の違いであるような気がした。

歩兵の仕事を増やすか、減らすかの違いといってもいい。実際どちらがいいかは採用者である陸上自衛隊次第にしても、こういう違いがあるのは確かだということで、その旨を資料にまとめた。

八木さんが戻ってくる。暗い表情。これは駄目だったかな。まあいいか、その時は専業主婦にしよう。信士くんが私を貰ってくれるといいけれどと思っていたところ、八木さんに声を掛けられた。

「比較資料を出すことになった」

私は資料を提出した。

八木さんの目が輝いた。

「なるべく客観的に書いたつもりです」

「この速度は武器になるな。すぐ行ってくる」

八木さんは技術畑でも私達のような技官じゃなくて自衛官だ。武器になるという言葉をきくと、忘れかけていたそれを意識し直す。

「武器、武器ですか」

私の言葉は八木さんには聞かれなかった。八木さんは既に席を立ってまたどこかに走って行っている。

私よりもずっとプロジェクトの存続に拘《こだわ》っているようだった。アメリカに負けたくないのかもしれない。

なんにせよ、やることはやった。

私は家に帰ってトンカツを作ろうと考えていた。そう、トンカツ。今度は何もない週末に、彼を呼ぶ。デートというものをしてもいいかもしれないが、自分から誘うのは技術的に難しい。要素研究も必要だ。例えば服はどんなのがいいかとか、研究すべき項目は山ほどある。一方トンカツならば、おしゃれはあまり考えないでよいであろう。

それでもデートにはあこがれがある。縁がないから見ないふりをしていたが、可能性があると思うと、やってみたい。とは思う。恥ずかしくて口には出せないが。

信士くん誘ってくれないかなと思いつつ、実際世間のカップルはどうなんだろうと気になった。進捗がひどく遅かったらどうしよう。どうしようと思っても、相談もできないしネットで話を聞くのも嘘ばかりで信用ならないような気がした。

家に帰って考え事をしているうちに携帯電話の呼び出し音。私はあわてて電話を取った。実家ではなく信士くんだったからだ。

「はい」

「あー。なんと言っていいか分からないが」

私は自分の心臓が飛び上がったのを感じた。携帯電話を取り落としそうになる。

「彼女が出来た？」

「随分前からいるつもりだが」

「そうか、そうだよね……」

「盛大に勘違いしているかもしれないが、僕の恋人の名前は藤崎綾乃だからな」

私の名前だった。よかった。泣きそう。

「よかった」

私は涙を拭きながら携帯電話に言った。

「な、泣くんじゃない。まて、まて、すぐ行くから」

三分で彼が駆けつけた。家が近いとはいえ、新記録更新だった。

「いくらなんでも、そのレベルで信用がないと傷つくぞ」

そんなことを言われてもと思ったが、うまく言えなかった。彼が傾いている。私の手を取った。彼はしょげた顔。

「いつも一緒にいるだろう」

「そうだけど」

彼は私の手を引いた。抱きしめられた。三〇にして初めてだった。こういうのは連続でくるもので、そのままキスまでされてしまった。

二人で互いを見る。会話にならない。両方とも顔が赤かったように思う。料理を作りますと、私は慌ててキッチンに立った。初めてのキスは、思ったよりずっと良かった。癖になったらどうしよう。

「そ、それで要件はなんですか」

「ああいや、暇になりそうだから映画にでもいかないかって」

「い、いいですね。それは」

「口調が丁寧語になってる」

「初めてだったんですみません」

彼は傾かなかった。ただ恥ずかしそうにしていた。

翌日、週末のデート計画に心を膨らませながら出勤したところ、緊急予算が上程されることになったと八木さんから告げられた。

「TYPE211は」

私が尋ねると、八木さんは頷いた。

「そっちも何着か輸入する」

方向性は違うにしても似た性質のものを両方採用するなんて自衛隊にしては信じられない大盤振る舞いだと思ったら、話はそれどころではなかった。特別補正予算が組まれ、まめたんを本格的に、そして急いで開発製造することになったという。まめたんだけでなく、今研究開発が進んでいるほとんどの陸自の兵器について、予算が倍増とまではいかないにしても大幅な増額が認められたようだった。

北朝鮮のことを受けてだと思うが、肝心の北朝鮮は小康状態にある。いかにもこの決定は遅いように思えたが、実はそうでもなかった。私が情報を知らないだけだった。

この話の後、二週間くらいで様々な情報が小出しにされてきた。

第一に、北朝鮮に中国軍が支援として入ったことがアメリカの偵察衛星で確認された。日本の情報収集衛星でも、同様のことが確認された。

第二に、ミャンマーでは戦争が起き始めた。中国軍が連日の空爆を始めていた。中国は日本の関与を声高に言い始め、強硬姿勢をちらつかせ始めた。

第三に、ここにきて尖閣諸島に中国人が強行上陸しようとして海保の船と接触、初の死者が出た。

国民どころか直接関係ないとはいえ軍事関係者である我々にも秘密のまま、畳みかけるように事態が進行していた。

水曜の朝、指示を受けて全員少し早く出勤する。防衛大臣による放送で私達ははじめて一連の事態を知った。放送を聞く限り、特に北朝鮮に中国軍が入ったことが、いたく上層部を刺激しているようだった。

結果としてどうなったかというと、初デートが流れた。

予算というものは今年はこれをやりますという仕事の宣言だ。予算が出たらその分働かなければいけない。でなければ、宣言通り働いていないことになる。働いていないとなったら、世間は厳しい。特に、財務省は厳しい。人間も組織もお金が絡むと全部厳しい。

私も自動車を運転する手前、年度末の意味のなさそうな道路工事にはほとほとあきれていることが多いが、今回は道路工事のように優先度の低いところの手入れでは終わらない。状況は楽観できなくなりつつあり、なにか起きたときに装備開発を間に合わせるのが私達の仕事である以上、仕事を頑張るとしかいいようがない。予算が増えたのは、結果だ。

にわかに忙しくなった。残業規制が撤廃された。増員を望んだがまったく認められなかった。どこのプロジェクトの予算も増額のあおりを受けて仕事量が激増しており、人材は引っ張りだこだった。

関係者が誰もはっきり口に出さないまま、準戦時体制に移行した。粛々と戦時法制が整え始められた。

並行して防衛計画の見直しが叫ばれるなか、私は家と研究所を往復する日々だった。残業は月で七〇時間、これは私が女性だから短いのであって難航が予想される足回り担当の磯貝さんは一〇〇時間を超え、八木さんは一二〇時間を超えていた。残業の上に月に二度は休日出勤が入り始めている。

自炊を始めていた私は、見る間にコンビニうどん生活に逆戻りした。彼とまともに話すのは通勤中のみという生活が続く。心がくじけそうになる。これまでも予算提出のために二ヶ月ほど残業漬けというのはあったが、半年も続くと本気で心がくじける人も出てくる。長期病欠に自殺未遂一人。私は生理が止まった。七ヶ月きてない。もちろん、〝そういうこと〟もやったことがなかったから、単なる生理不順だ。

世間では長すぎる緊張感が弛緩《しかん》を生み、ニュースで朝鮮半島情勢が取り上げられることは少なくなった。クリスマスに新年と、世間だって暇じゃない。

年を越して翌二月になると残業が私でも月一〇〇時間を超えだした。

年度末になると長期病欠の二人目が出て、それで医者がやってきて残業が月七〇時間以上で検診を受けろと言いだした。職場の全員が検診を受けることになって、医者は難儀したようだった。

さすがに無理があると、夏休みは絶対に休めという指示がでた。逆に言えばそれまではがんばろうということだ。数週間ぶりに見た携帯電話に届いていた母からのメールでは、父は退官が遅れることになったという。もっとも次の就職先がきまっていなかったから、丁度いいという話だった。


ワンルームのアパートに帰って、手早く着替える。ドアをあける。待っていた。信士くんが入ってくる。私はキッチンに立ってうどんを温め、コンビニ弁当をレンジでチンする。信士くんはその間に着替える。こうしないと寝る時間が減る。二人一緒の時間も減る。

何事もないかのように二人で料理を食べる。食べる途中でうつらうつらしている私を、彼が指で額をつついて起こすことが週に一、二度ある。

「これなら誤解のされようがないな」

さしてうまくもなさそうにコンビニ弁当を食べながら彼が言った。

「なにが？」

「浮気とか」

まだ根に持ってる。信士くんは引っ張るなあ。もっともその性格のお陰で今おつきあいしているのだから、こんな性格も好きなところの一つだ。

「あ、あれはね。いや、だから、何ヶ月もなんにもなかったから」

彼はえー、という顔をしている。私は唇を尖らせた。

「どういう意味よ、その表情」

「僕としては常にチャンスをうかがっていた」

「嘘」

「ほんとだ」

彼はそう言った後、少し恥ずかしそうに口を開いた。

「ただ、こう、何かしようとするとタイミングを外されていたから、そういう気はないのかなとか」

「ちゃ、ちゃんと言ってください。そういうのは」

「じゃあ、キスしたい」

「う、うどん食べてからで！」

「ほら、ほら今の感じだ」

「それはタイミングが悪いんです」

「ちゃんと言ってくれないと困る」

私は彼を睨んだ。彼は引かないぞという構え。最近こういう小さな喧嘩が多くて心が痩《や》せる。実際体重も痩せる。私は半分くらいうどんを残して横になった。彼がキッチンで残り物を処理している。灯りを消す。

「おやすみ」

「ごめん」

背を向けてそう言った。彼は怒っていないだろうか、気になって振り向いた。彼はもう家に帰ってる。仕事が忙しいとつらいなあと思った。以前なら眠れなくなるところ、今は目をつぶればすぐに寝ることが出来る。これもつらいことだった。いっそ仕事を辞めて専業主婦になろうかとも思った。

もちろん、出来るわけがない。今辞めれば、沢山の人に迷惑が掛かる。単に人手が減るという意味もある。でもそれ以上に、私がたわいもない復讐心で始めたプロジェクトだという、意識がある。

だからここでは辞められない。辞められるときがあるとすれば、それはこのプロジェクトが終わった時だ。

そういえば昔、一年くらい前、最低のタイミングで辞めてやろうと思っていた時があった。浅はかだった。

あれから少し経験を積んだが、相変わらずこの組織や世の中がいいとは思わない。でも、問題があるのは組織や世の中だけじゃない。自分にもある。みんなに欠陥や問題がある。自分のそれを棚にあげて言い立てるだけでは、何処《どこ》かの国と変わらない。

目覚ましで目が醒める。信士くんに電話する。電話に出なかったらと思うと、心が乱れるのを感じる。彼が電話に出る。眠そう。私は今日も安堵する。そうして私の一日がはじまる。

五月に入った。まめたんは順調に設計が進んでいた。生産も視野に日立や三菱から人が来て、設計部門に入った。相模原ではなく、遠隔地で働く開発陣まで含めるとその数は三〇〇人を超えるという。これでも人は足りていない。元々三年で実戦投入出来る程度の性能を目標にしていたが、今は性能はそのままに、一年半で完成することが求められている。

期待されているのかもしれない。とも思うのだが、どうもそれだけではないようだ。予算が潤沢にあるうちに、冒険的なプロジェクトを一気にやってしまえというところが見受けられる。逆に言えば、準戦時体制、緊急的な予算措置があるとはいえ、まだ上には時間的余裕があるという読みがあるんだろう。現場は既に死にかけているが。

ここ数ヶ月、巷《ちまた》では一〇式戦車の量産数が拡大したとニュースになっていた。空輪性の高い一〇五㎜砲の輸入にも踏み切ったと。ついにミサイルの生産増大と備蓄にも入ったという。空自の装備する誘導弾の備蓄は極端に少ないと聞いていたから、これはとてもいいことだ。

三年を一年半にするのは大変だ。将来的にはともかく現状では人も増えていないのだからもっと大変だ。勢いしわ寄せはお金の使い方になる。無駄遣い、ではないのだが、期間をお金で買うわけだ。

例えば、足回りや武装について、それぞれ技術実証車が作られることになっている。いきなり実機を作って失敗すると目も当てられないので、主要な要素研究ごとに技術実証車を作り実験、そして可否を決める。

通常はその段階に至る前に長期間図面上での検討やコンピューター上のテストを繰り返すが、今回はそれを短くするために形態を変えた三台ずつを同時に製作することになっていた。実際作ってみれば一発で分かることはコンピューターシミュレーションが進んだ現代でも少なくはない。まさに時間をお金で買っている感覚だ。

まめたんは開発費を含めた総コストを低減させる目的で企画を作ったから、これは大きなデメリットだった。一台当たりのコストが大きくなる。それでも研究は進む。

試作の段階では量産効果によるコストの低減なんてないし、部品の多くもワンオフ、一品物ばかりだから大変なお金がかかる。部分的な技術実証車とはいえ、一台七〇〇〇万円くらいにはなるだろう。ろくにシミュレーションを回していない物をいきなり作るには額が大きいだけに各担当は大きな緊張を強《し》いられる。若手なら特にそうだ。壊すと上司が、俺も若いときにはと言ってフォローしてくれるのが通例だったが、だからといって罪悪感が減るわけでもない。だから皆、一分でも長くシミュレーションを回そうとして努力し続けた。夜中にシミュレーションを回して帰ったら節電とかで守衛さんが電源を切るという大事件があり、八木さんが満身創痍《そうい》のていであちこちに連絡しているのが印象に残った。リーダーにならないでよかった。ありがとうございます。

それに比べて私の担当する制御系は楽だった。基盤であるRTミドルウェアは歴史が古く、古いだけに信頼性が高く、よくデバッグされていた。この基盤の上になるべく小さな形で軍事用の制御系を乗せる。小さいほどテストを充分に出来るから信頼性もあがる。命を懸ける現場では信頼性が一番重要になる。小型で量産数が多い機器だから、いろんな人や部隊が使うことになる。二〇そこそこの陸士や父のような準高齢者も使うのだから、相当丈夫に、そして使いやすくしないといけない。

なるべく小さな形でモジュールを作るにしても、対衝撃時の挙動や破損時の残存機能からの復帰など、他のロボット研究では行われないことも研究されている。このあたり、論文を書いて出してあげるのが親切というか日本のロボット技術発展のためだと思うが、そんな暇がないのが残念だ。このプロジェクトが終わったら、論文を書いて技術の発展に寄与したい。

六月には足回りの技術実証車が出来た。相当に好評だったらしいと聞いて安心する。動画も少し見せてもらった。これには多くの人が興味あったらしく、集まって皆で見た。

四角い箱に六本の脚がついている。場所は富士駐屯地という。まめたんは富士学校で基本プランが作られたので、一足先に故郷に帰ったようなものだった。一番早く終わるであろう制御系の設計のあと、私も富士駐屯地で運用テストと制御系の熟成に入ることになっていた。

富士の裾野でまめたんと再会するのが楽しみだ。

その直後に磯貝さんが倒れた。夏休みまであと一月というところだった。心労が祟《たた》ったとしか言いようがない。そのまま不帰の客になってしまった。葬儀の日は皆で休みを取ることが出来、磯貝さんは最後まで皆のことを思っていたなと話し合った。

奥様と二人の娘が残されていて、気の毒で仕方なかった。後任には三年下の広野くんが抜擢《ばってき》された。

足回りの実証実験が始まると、あちらこちらから問題が出始めた。

大きな問題としては塹壕を越えていく際、土などにボディがひっかかるという現象があった。場合によっては、モーターに余計な負荷がかかったり、転げそうになったりする。

リーダーである磯貝さんを亡くして残されたメンバーは相当苦労したようだ。足回りだけではなく、他部署も協力して解決するようにした。私の方、つまり制御側はボディを傾かせることで障害物を回避する一方、移動ルートの計算をより高度化。遠くまで見て移動ルートを計算させることでひっかかりをより少なくするようにした。

ただ、先読みによる移動ルート計算の高度化は必然としてまめたんが同じ最適解に辿《たど》り着き、一つのルートに沿って一列に並びやすくなる弊害をもたらし、後でばらけるように移動ルートを考えるように再度直したので、あまり寄与は出来なかった。

結局この問題は車体屋さんの努力が一番役に立った。ボディの形状を丸みを帯びたデザインにすることで暫定的ではあるもののある程度解決したのだった。実際は四角いボディはそのままで、上からフェアリングをかけるという方式だったが、これでひっかかりは大幅に減ることになった。この方式にはもう一つメリットがあって、機体が一回り大きくなったことで補器類の搭載場所に余裕が出来た。ここ最近の性能向上策や問題対策で補器類の量も重量も増大していたから、これはとてもありがたかった。部品の隙間が多少なりともあいたことで整備性も向上したと思う。工具なしに手を入れて部品や基盤を取り外せるようになったからだ。

並行して行われていた武装テストは特に問題なかったが、発射時の振動のため内蔵したコンピューターが壊れる事例が二回あった。武装を積む可動式の武装ステーションは思い切った軽量化のために樹脂系の新素材を使っていたのだが、連続する振動に保持強度が低下、設計値を下回って折れかけていたことが問題だった。

　こちらは開発期間から重量増加を懸念していたが、泣く泣く旧来の鋼材に変更した他、部品同士の干渉が起こらないようにスペースをよりあけて部品同士をぶつけないようにし、制振ゴムを増やして対処した。が、もっと開発期間に余裕があれば抜本的なレイアウト変更が出来たように思う。

　兵装を装備する武装ステーションは可動する銃を置く台だ。八五度から一一〇度まで動かすことが出来、拳銃を除く歩兵用火器の全部を二丁まで搭載できる。弾倉交換機能に不具合が多く、小銃を使う場合は専用の大型弾倉を装備することになってしまったが、他は概《おおむ》ね良好だった。

　問題が多発したのはセンサー系で、当初はボディに装着していたのだが、位置が低すぎて情報がうまく取れないからと、もっと高い位置での装着提案があった。ここ一五年、ロボット開発のトレンドは人型非人型を問わずにセンサーは高いところに設ける、だったから私としては異論はなかった。が、実際には上部は武装ステーションで占められていてさらにその上にセンサー類を装備するとなると射撃を行った際の振動や光、音の影響を直接受けるうえに足下がよく見えないという問題の他、センサーの主力であるカメラが日光などで光って遠くの敵からでも視認しうるという問題がありえた。

　従来のボディ装着の他、武装ステーション上にもセンサーを置いたらどうかという案もあったが、それはそれで問題が山積みだった。整備すべき項目が増え、故障すると困るパーツも増える。コストもあがる。画像処理能力に不足が出てさらにコンピューターを増設することになる。これはスペースもコストもいる。重量も増える。重量は段々無視できない問題になりつつあった。将来増えるであろう機能改善提案や自身の輸送能力、空輸能力を考えると重量の増加は人員的にも万全とはいえない。足回りへの負担も含めて余裕はほとんどない状況だ。一方で今後重量は増えても減る可能性はほとんどなかった。

抜本的な対策は車体そのものを大型化することだが、これは最初に否定された部分でもあり、今から手を入れれば開発期間が四ヶ月は延びるのが確実な情勢である。足回りの強化がさらに必要なことを考えれば、この選択肢はなかった。

真綿で首を絞められるように自由度が小さくなっていく感覚を味わいながら、私は改善策を考えた。センサー問題に制御系からうまい手伝いが出来ないものか。

考えるうちに額をつつかれた。信士くんも眠そうな顔をしている。

私は苦笑い。うどんを食べた。時間が飛んでいつのまにか家に戻っている。もう〇時半。

「お互い、限界だな」

彼がしんみり言うので、私の目が冴えた。思わず彼の手を握っていた。

「嫌よ」

彼は不思議そう。というか、眠そう。あいてる方の手で私の頭を撫《な》でた。

「何が」

「わ、別れたくない」

言葉を言っただけで腹の下の方がきゅっとしまるような体験だった。彼は傾いている。

「睡眠不足的な意味で。あるいは体調的な意味でだよ」

「あ、うん。でも」

私はうどんを慌てて全部食べて正座しなおした。

「ど、どうぞ」

彼は傾いたまま不思議そう。

「どうぞって?」

私が絶句していると、彼はしばらく考えた後、傾きを補正した。まめたんのような動きだった。そう、この前、傾きながら障害物を進むほか、射撃ができるようにした。障害物から身を隠しながら撃つのは思いの外好評だった。

「随分昔の話を持ってきたね」

「ち、違ったらごめん」

「ああいや」

彼は目を左右に動かした。顔を近づけてきた。

「結局はやるんだけどね」

優しいキスだった。こういうのが毎日好きなだけできるのなら、仕事辞めたくなる。

私は彼に初めて抱きついた。ぎゅうぎゅう抱きついた。もっと前からずっと抱きついていたかった。

「映画行きたい」

「そんな面白いのがあるのかい」

彼は私の頭を撫でながら言った。半分寝ている。私は怒った。そんなんじゃない。デートに行きたい。仕事よりずっとこっちが大事だと思った。ところがデートに行きたいとはうまく言えなかった。キスだってして抱きしめることだって出来たのに、簡単すぎるそれがうまく言えなかった。過呼吸になりかけて深呼吸して、抱きついたまま彼にデートと言ったところで彼が寝ているのに気付いた。

ここ数日の情勢ゆえに怒るのもどうかと思い、そも怒ったら自分の今までの行動はなんだったんだと考え直し、それで思い切って、抱きついたまま寝ることにした。手探りでリモコンを探す。手の届く範囲に灯りのリモコンはなかったが、エアコンのリモコンはあった。温度を二度下げる。

これで快適に抱きつける。節電に協力できなくてごめんなさい。心の中で謝りながら寝た。

うまく寝られないかと思ったが、意外に気持ちよく寝ることができた。最初からこんな風に一緒に寝ればよかったと思った。私はこういうのばっかりだ。思うに沢山の機会遺失(チャンスロス)をやってしまっている。大学時代に、信士くんと付き合いたかった。そうしたらもう五年は一緒だったろうし、子供だっていたかもしれない。そういうことをしたこともないのに子供が欲しいと思うのはどうなんだろう。そんなことを夢で思った気がする。

翌朝。目が醒めると彼が飛び起きていた。私はその反動で数秒で起きた。

時間は九時。既に遅刻だった。時計を見た後で彼を見ると、彼が今まで見たことがないほど動揺しているのが見えた。何を動揺しているんだろう。私は自分の姿を見た。トレーナーだった。もっとおしゃれな部屋着を買おう。

「そんなつもりはなかった」

彼は深刻そうにそう言ったが、遅刻は致し方ないように思えた。むしろ我々は遅刻をしなかった方だ。

「眠いよね。仕方ないよ。謝って仕事をがんばろう？」

私がそう言うと、彼は心底つらそうな顔を浮かべた。

「いつか責任を取る。命にかえても」

「遅刻したのは二人の責任。信士くんだけのせいじゃないよ」

笑って職場に電話した。彼と少し時間をあけて遅刻の連絡。とはいえいつも一緒に通勤しているので、色々な憶測を生むだろう。事実はそれよりずっと控えめだが、誤解されても私は特に問題も不満も感じなかった。

「この際だから朝食食べる？　目玉焼きならつくれると思う」

うどんに入れるために卵は買ってあるのだった。ベーコンがないのが残念だ。

彼はショックな顔をしたまま、うなだれるようにうなずいた。なんだかおかしかった。律儀だなあと思うのと一緒に、大事にされている気がして、とても嬉しい。

彼は電話のために離れる。その場でやってもいいのにと思いつつ、恥ずかしいのだろうなと思った。彼も奥手で恥ずかしがり屋だ。自分を棚に上げて文句を言うのはおかしい。

目玉焼きを焼いた後でパンがないことに気付いた。

彼が戻ってきた。パンを買ってきていた。

「ありが……とう」

私と比べて気が利く彼だった。恥ずかしいといったらないが、彼も恥ずかしそうだった。

「いや、そうだ。トースターを買ってこないとな」

我が家にトースターはない。朝食はコンビニのおにぎりばかりだからだ。

「今度の土曜に買いに行く？」

「いや、僕が最高の物を探してくる」

私は首をかしげた。トースターに善し悪しなんてものがあるのだろうか。

「安いのでいいと思うけどなぁ」

「それくらいの給料はあるんだ。実際のところ」

私は小首を傾けた。彼は何を考えているか時々分からない。まあでも、きっと彼なりの好意に違いない。

「とにかく、買ってくる」

「一緒に行かない？」

彼は動揺した後、三秒考えてうなずいた。

「分かっている」

「一緒に映画に行くとか」

「ああうん。順序が逆になったが。分かった」

彼はたぶん何か盛大な勘違いをしていると思ったが、面白いので黙っておくことにした。どうせ、その時はくるんだろうし。ついでに信士くんがかわいいので、このまま見ていたい。そう、やっぱりなるべく休んで彼との時間を大切にすべきだ。仕事より彼氏。当然よね。

二人で職場に行く。今日だけ別々に行っても意味がないと言ったら、彼も頷いた。少し恥ずかしかったが、職場の皆は何も言わなかった。こういうことに反応するだけの体力もないのかもしれない。睡眠は重要だ。遅刻したのは悪かったが、それ以上に効果があるような気がした。雰囲気的に早く帰るのも遅刻するのも難しいが。

信士くんに抱きついて寝たように、それで私がぐっすり眠れたように、まめたんが他のまめたんや機器から支援を受けられるように私は制御系を手直しすることにした。幸い制御系は先週末の段階で一足先に山場を越え時間は余り気味だし、出来ると思った。一緒に繋がって移動するとか、トラックに引かれて移動するとか、楽しそう。

そうだ。センサー系の問題も解決した気がする。他のまめたんの視界を借りればいい。情報を交互に交換してそれぞれが複数台のセンサーを扱うことが出来れば、一つ一つのセンサーはチープでもかなりの芸当が出来るはず。ついでに計算リソースも貸し借りできるようにしよう。

抱きついて寝た幸せを感じて仕事をしていると、朝から会議に出ていた八木さんがやってきた。遅刻を二人で詫びると、彼は、まあ、いいんじゃないかなと笑顔で言った後で、深いため息。どうやら問題があったらしい。その後で皆を集めた。

「水陸両用能力と空挺能力の付加が出来ないかと相談された」

私は目が点になった。まめたんは小型なので結果として空輸については考慮されているが、飛行機に積んで輸送するだけの空輸と飛行機に積んだ後で空中から落っことす空挺では天と地ほども違う。水陸両用はいわずもがなだ。

「代わりに予算を増やすという話だ」

周囲が天を仰いだ。私はため息。何度目の予算増額だろう。それにしたってそろそろお金で時間を買う限界を超えそうだ。元の安価でそこそこの数を揃《そろ》えるロボット兵器というコンセプトからずれ始めている気すらした。

周囲を見る。皆渋い顔。でも誰も発言しない。仕方ないので代表して口を開いた。

「無理だと思います」

「そうなんだけどね」

そう言った八木さんの声が嗄《か》れている。会議で喋り続け、その上でおしつけられたのだろうか。だとしたら彼も分かった上でこの話をしているんだろう。

我々が話の続きを目で要望すると、八木さんは静かに口を開いた。

「韓国が中国にすり寄りの姿勢を見せている」

「一〇年ばかり前から、そうだったと思いますが」

信士くんが言う。彼は前職の関係で海外情勢にも詳しい。

「ここに来て、戦争を回避しようとアメリカと距離を取り始めた」

自国が戦場になるのを避けたいのはどこも同じだろうから、これを長年の同盟の裏切りというのは難しいだろう。問題はアメリカの動きだ。

「アメリカは強く警告を発し始めている」

日本領だった朝鮮半島の半分を独立させて大陸への足がかりを作る。それがかつてアメリカの行ったことだった。再度の統一など起きぬように様々な工作もした。

それが今、足下から壊れようとしている。アメリカがそんなことを許すとは思えない。

戦争になる。

私は信士くんを見た。彼は苦い顔の後、口を開いた。

「戦争が避けられないならなお一層現状のまま、まめたんの開発を急ぐべきです。付加機能をつけたりするべきじゃない」

「自国で戦争したくないのは何も韓国だけではない」

つまりは、日本を戦場にしないために自衛隊が韓国で戦うということだろうか。私はショックを受けた。そんなことは考えたことがなかった。

「韓国はこの三〇年、妙に日本に対抗した軍備を持ちたがっていた。イージス艦しかり、強襲揚陸艦しかり。それが同盟国の幼稚な対抗心だけならよかったが、それが日本に向けられたら困る。アメリカの動きは日本にとって幸いだ。だからといって勘違いしないように。我々の仕事は韓国で戦う戦力を作ることじゃない。まめたんで自衛官の戦死を減らすことだ。まめたんは優秀だ。少なくとも上層部や政治家はこの人死にが少ない兵器を、日本が戦争を行う上での必須の装備と捉え始めている」

八木さんはそんなことを言って、席を立った。

損害を減らすための装備が戦争を始める理由になるのだから、世の中はなかなか狂っている。私は人死にの数が即座に選挙の結果に結びつくであろうこの国の政治を思った。曖昧なものは嫌い。混沌は好き。でもこの混沌は、好きじゃない。

信士くんが八木さんに替わって皆に言葉をかけている。

「我々がどうにも出来ない政治のことを悩んでも仕方ない。簡単に出来そうなら考えよう。出来なければ、その旨を報告するだけだ」

それで、技術実証プログラムが終わりかけの今日、午後いっぱいを潰して皆で会議を行った。空挺に関してはセンサーや武装ステーション、関節をギアでロックし、フレームの強度を増せばパラシュートも装着でき、本体下部を包むように気嚢《きのう》を膨らませてバウンドさせて衝撃を減らせばおおよそ耐えられそうだと分かったが、単機で敵地にいる状態で味方とどう合流させるかが問題になった。電子的手段で位置を示したり教えあったりすればいいのだが、それでは敵に位置を教えることになってしまう。とはいえ、まめたん一機のセンサーでは遠くまで見渡すことは出来ず、集結は困難だった。

私は少し考えて、まめたん三機を入れた投下用ポッドをスケッチした。これならまめたん自身をあまりいじらないで済むし、三機は一緒に動くことが出来る。三機が協調すれば合流も随分しやすくなる。センサーの拾ったデータを融通しあって協力するからだ。

一方で水陸両用は極めて難しかった。水密構造は最初からもっていて、砂の上での動作能力や渡河能力は持っていても、上陸作戦時に輸送艦から海に放り出されてからどう泳ぎ、どう戦うのかというのは、次元の違う問題だった。そもそもここ数十年、防衛省は水陸両用車を作ったことがない。ノウハウもないし当時の関係者はみんな退官している。浮き袋をつけて波をかき分けて泳ぐにも車体が小さくてままならない。波に呑まれる。海底を走るにもセンサーの強化がいる。

こちらは沢山の実験が必要で実用化には数年の年月を要すると結論づけた。数台を連結させた上で上陸用舟艇に乗せて人間が運ぶ方がはるかに効率がいいとも附記した。

家に帰って、彼と二人でテレビを見る。深夜ニュースではアメリカの国防長官が韓国と中国を強い調子で非難している。日本も同調して非難の声明を出していた。反戦団体が平和をアピールしているという話だったが、それらの活動がうまくいくようには、到底思えなかった。

「まめたん、戦争に出させられるのかな」

私は寝る前に信士くんにそう言った。

信士くんはこれまで毎回律儀に家に帰っていたが、今日からはそれもなさそうだ。

並んで布団を敷いて、一緒に寝る。いつその日が来るのか考える。どちらにしても遠くない気がした。男女的にも、まめたん的にも。男女はそうなるように出来ているのだし、まめたんは日本を守るように出来ている。

では日本を戦場にしないために他国を戦場にしていいのか。技術者には難しい問題だった。最終的にどう使われるのか分からないし、一人がやめても他がどうにかするだろうし、そもそも上がそんなことを考えているのかどうかも分からない。一つ分かるのは皆で責任を分かち合う結果、責任の所在が曖昧になっていくということだ。少なくとも私は隣国で戦争が起きて自衛隊を投入してもあまり責任を感じないだろう。権限に見合った責任を取るというのなら、日本人の大部分は無責任にこの事態を眺めることになる。

何を考えてもよくない気がした。大人しく寝ることにする。戦争の愚というが、まめたんと同じで集団で動かしていると、時に障害物やら道の出来やらで移動ルートが固定化されて頭が悪く見えることがあるものだ。

翌日。朝起きて信士くんの寝顔を見ていると、まめたんがまめたんを支援する新しいアイデアを思いついた。集団の愚かさはルート固定化で現れるのだから、この時固定化された移動だけでなく支援行動を行うまめたんが一定以上の確率でいれば愚かさも軽減されると思ったのだった。国でいえばいろんな意見や主張の人がいた方がいいし、まめたんにも色々なパターンがあった方が、最終的に愚かではなくなる。

国が愚かなのは実は一丸となって盲目的に進み出したときなのだ。

創造主である人間の愚かさを、まめたんは一足先に克服するようにしたい。

信士くんが目覚める。一緒に食事をして、手を握って階段を下り、車までの距離を歩く。

戦争になるのかなあと、ここ最近天気の話のようになっていることを言った。

「どうかな。分からない」

信士くんは私の指に指を絡めながら言った。

「ならないかな」

ならないといいなあと私は思った。良い仕事が出来て、良い研究ができつつある。彼氏も出来た。戦争は必要だろうか。私にはいらない。未来永劫《えいごう》いらないとは言えないが、今はいらない。

「日本が軍事大国になれば、それはそれでアメリカとしては困る。日本帝国の再来なんて望んでいないだろう。そうならないようにするためには平和が一番だ。平和である限り、日本は軍事強化しないだろう。それに日本特有の事情もある」

「なあに？」

「スペック的にはぱっとしないまめたんの開発が急がれている理由だよ。日本は戦死に慣れていない。少子化、高齢化がすすんでいるのは中国や韓国と同じだが、日本は戦後戦死をほとんど出していない。日本参戦を願ってない人々の頼みの綱はそこになる。政治家も、左派も、恐らくは中国や韓国、北朝鮮も」

「日本が戦争しないだろうって？」

「まめたんが完成するとその情勢が変わる可能性はある」

日本が戦争をしないのは平和憲法のせいじゃないのかと私は思ったが、所詮憲法の持つ抑止力なんてその程度なのかもしれないとも思った。自分の作る物がそれを破壊するとは思っていなかったが。いや、信士くんはああ言うが、ロボット一つ、兵器一つで戦争に踏み切るというのはさすがにあり得ない気もした。

それにしても、危うくなると分かる平和の尊さだった。今盛んにあちこちで平和が叫ばれている。平和団体だけでなく、普通の人も。そういう人の声よりまめたんが強いとは思えなかった。平和を訴える人達を守る役には立つと思うけど。

信士くんの話を考えながら通勤し、ゲートを潜《くぐ》って建物に入る。

技術実証プログラムは今日で終了の予定だ。夏休み明けからは、試作に入る。試作機の数は空前になると八木さんが口にしていた。試作機三〇機に増加試作機一〇〇機、都合一三〇機で運用研究を行う。集団で運用する必然性から、ある程度まとまった数が必要なゆえの措置だったが、それにしても大した数だった。まめたんが数の上で日本最大量の機動兵器になる可能性がある。もっとも、調達価格という意味では戦車一輛の価格で五百台買えるのだが。

まめたんの生産にはメーカーとして日立を使うという話になっていた。武装ステーション部分だけ、三菱が製造する。三菱や小松は既に戦車や装輪装甲車の量産と改良に追われていて、日立の仕事が増えた格好だった。日立は脚を使用したロボット開発に一日の長があったから、妥当な決定だったといえなくもない。壊れ物である脚やその関節を酷使しないように、膝の少し上に車輪をつけ、普段は膝を曲げて車輪で移動する簡便な構造は日立のデザインでもある。開閉カバーを押し上げながら車輪を出した移動形態になると、まめたんは本当にボールみたいになった。

まめたんは全量を日立建機の土浦工場で作ることになる。グループ会社を結集して生産を行うとは、日立の発表だ。まだ海のものとも山のものともつかないまめたんに対して大した力の入れようだったが、日立はこの事業に賭けたのだ。ひょっとしたら、私達が知らないような情報を他で仕入れていたのかもしれなかった。

まめたん用の武器として人間用の小銃を装備する予定だったが、量産が進めばその数も足りなくなるということで、まめたん用の簡易な自動小銃が作られるという。銃床やグリップ、引き金を持たないもので、遺棄されて拾われても敵が再利用できないのが自慢というとらしかった。こちらは住友重機が担当するという話だった。

気付けばまめたんも立派な大プロジェクトだ。

そのせいかどうか、ここ最近あちこちから要望が激増している。無茶なものもあれば、そうでないものもある。メーカーである日立から、量産を見越した改善提案もあった。量産性をあげるためにここをこうしたいとか、まめたんをトラックで輸送するための梱包フレームをこのように作ったのでチェックしてくれとか、そういうことがどんどん来始めていた。

「ひょっとしないでも期待されているのかもね」

昼食中、信士くんはそんなことを言った。私は苦笑した。

「まだ運用実験もしてないのに?」

「これは噂だが、量産数が決まったらしい」

信士くんは両手の指で一と○を作った。

「二千台?」

「いや、二進数かい?」

「あ、うん」

私は信士くんが二進数を分かるのでびっくりした。侮《あなど》れない人だ。私は目を右下に寄せて考える。

「一万台も?」

「いや、十万台だ」

いくらなんでも、やりすぎの上に作りすぎだろう。私は食事をしながら関数電卓を叩いた。それだけ量産すれば一台百万円を切る。それが十万台。一千億円。

「うーん」

私は腕を組んだ。あまり現実的ではない気がする。防衛省がよくやる分割調達として三年かけて調達するにしても年間三万台で、三百億円。日本の年間軍事費は年々増えて今は八兆円、でもそのうちの多くは人件費や維持費、訓練費用だから、新規調達費用だけでいくと割合としてはかなり高くなる。陸自の予算からいえばなおのこと。正面装備としてはダントツの量産数、そして予算になる。増産がはじまった一〇式戦車より桁《けた》外れに多いのだ。

腕を組んだままでは食事できないので私は腕を組むのをやめた。

「信士くんには悪いけど、あんまり現実的じゃないかも」

そもそも整備や維持に調達価格の三倍はお金がかかる物だ。まめたんなら構造上一〇倍かかる。どうかすると修理費の方が高くなる関係上、他の装備よりずっと使い捨てに振られているが、それこそ戦争でもない限りは損耗もさほど大きくないわけで、本当にそれだけの数を調達したら大量のまめたんが軍事費を圧迫して今後の日本が身動きとれなくなる可能性がある。

さすがにそんなことはしないだろう。私はそう答えた。

信士くんは直接は答えず、急に別なことを言った。

「風向きの怪しさからか、韓国から難民が押し寄せている。前にもあったな。少し違うのは今回逃げ出してきているのは親アメリカ派の人たちということだ。それにしたって数が多すぎるからビザなし渡航を今月で打ち切るという話もある。国境警備は急務だ」

彼は顔をしかめている。私が話してと目で訴えると、彼は口にした。

「海上は海上保安庁や海上自衛隊がやるにしても、対馬や福岡に上陸した難民をキャンプに封じ込めたり、警備したりするのにまめたんはぴったりだ。色仕掛けや賄賂もきかない。風紀の乱れがないのは理想的な国境警備のあり方だと思う。国内の混乱を考えれば、軍事費がさらに急激に膨らんでもおかしくはない」

「まめたん単独では警備とか出来ませんから」

「要望が来ている」

信士くんは今は主として外とのやりとりをこなしている。八木さんいわく、プロジェクトに欠かせない人材だそう。私は目をそらす。だんだん最初考えていたものと違うものを作っている感じがしてきた。

「まめたんだけで警備ができるように。僕が出した要望じゃない」

「分かってます」

でも、何でも機械任せにする方が怖い。技術者だから、特にそう思う。壊れない機械はないのだ。

私の表情をどう思ったか、信士くんは目をさまよわせた後、話題を変えてきた。

「夏休みになったらオープントースターを買いに行く予定は？」

「分かっています」

私は苦笑した。信士くんは心配そう。私は今後昼食中に仕事の話はやめようと思った。立ち上がって信士くんを抱きしめたい。こう見えてオーブントースターを買いに行くことを、私は一番大事にしてますから。

「映画も見ようね」

そう言うと、彼は恥ずかしそうに頷いた。

食事から戻るとニュースでもちきり、中国が日本を非難する声明を出していた。いわくミャンマーでの軍事的侵略は日本が裏で手を引いているという。その決定的証拠が、新田良造という日本人傭兵指揮官という話だった。数千人の傭兵を率い、中国の国境を侵しているとか。このまま放置すれば、重大な結果をまねくであろうとも。

「元自衛官かな」

ちょっと間延びした顔だと思いながら、私は新田という人を見た。

「いや。違う」

信士くんはそれだけしか言わなかった。二時間ほどで日本の官房長官が声明を出し、事実無根だと言って明確に否定した。中国のフィクション上の登場人物だろうとも。

夜になって家に帰ってニュースを見たが、特にそれ以上の話はなかった。マスメディアが動きそうな話ではあったのだが、どちらかと言えば中国による恫喝《どうかつ》が問題になっていた。日本は今後どうやってあの国と付き合えばいいのか、とも。

少しずつ緊張が高まっている感じがする。父が早く退官しないかとそんなことを考えた。長いキャリアの最後の最後になって戦闘なんて、家族としては大反対だ。

のんびりしていると電話があった。珍しく信士くんが自分の家に帰ってからこちらに来るという。

最近家に帰っていなかったので、掃除したいという話だった。手伝ってあげようかと言ったら、全力でやめてくれと言われた。恥ずかしいものが転がっているのかもしれない。大学時代に見慣れているから大丈夫と思ったが、結局何も言わなかった。

正直に言うと、たとえHな本が転がっていても彼の場合だと可愛い。大学時代の同級生だとキモイ。これが真の女心だ。

彼がいないとただでさえ味気ないうどんがさらに味気ない。それで、食事は後で摂ることにして料理でも作ることにした。もう大概夜も遅いが、料理をしよう。

お米はある、卵もある。お米を炊いて上に目玉焼きをのせて食べよう。黄身を割って醤油をかければ美味しいはず。

その程度なら夜の職員食堂のほうがまだマシな気もしたが、気にしないことにする。料理を覚えたいと思っている。もちろん一緒に食べてくれる人あっての話だけど。

ご飯をセットし、信士くんが早く帰ってこないかなと思いながら携帯電話を操る。ニュースサイトを見る。くだんの架空の日本人傭兵はネット上で大人気になっていて、早くもデフォルメされたイラストがあちこちに出回っていた。

彼が帰ってくる。携帯電話を置いて迎えた。彼は険しい顔をしている。いつか見た腕時計をしているのが気になった。さすがに盗聴器は動いてないと思うけど、何かあったのかもしれない。

「どうしたの？」

「変なことはなかったか？」

「何もなかったけど」

思い当たるようなことは何もない。私がそう言うと、彼は少し安心したようだった。

「今日からこっちに泊まる」

「いつもそうじゃない」

「……そうなんだが」

彼は自分の頬をかいた。

「いっそのことあっちの部屋を引き払うとか」

そう言ったら、彼は恥ずかしそう。もう少し肉食系じゃないと人類の高齢化が進行しますよと言いかけて、さすがにそれは恥ずかしいのでやめた。あと分かりにくい。

「ご飯炊いてるの。たまにはお米を食べようと思って」

「今度から職員食堂で食べるようにするかい」

「ううん。あれ面倒くさいから」

二人で食事をするのが重要なのだ。と、思う。それを口に出そうか迷ううちに、彼はカーテンを閉めにいってしまった。

そのまま、一週間の夏休みに入った。

彼はまめに家の掃除をするようになり、綺麗好きだったんだと私は彼の新しい面を知った気がした。それ以前に、自分で掃除しなければ。

二人で徹底的ともいえる掃除を終え、二人で珍しく冷やし中華を食べた。卵焼きとキュウリ、ハムの千切り。これくらいなら私にも出来る。これからは少し暇になりそうだから、料理を覚えよう。そうしよう。

最近つけっぱなしになっているラジオによると、韓国に対してアメリカが呼びかけを行っているという話だった。新たな事態を迎え、米韓の間で新たに安全保障条約を結び直そうという内容だった。

その話を、信士くんが厳しい顔で聞いている。

「どうしたの？」

「最後通牒《つうちょう》だな」

「どこが？」

「アメリカが、韓国への。韓国が無視したら、そうだな一週間くらいで韓国の悪事が米国により発見される」

「悪事って?」

「日本を先制攻撃するための資料と化学兵器。この辺りかな」

「そうだったの?」

私が驚いて言うと、彼は微妙な表情で目線を動かした。私は少し想像力を働かせる。

「アメリカがそういうことにするっていうこと?」

「おそらくは。次はまあ、そうだな。一週間くらいあけて竹島は日本の領土だと言い出す。それでも埒《らち》があかなかったら、アメリカは韓国への武力行使に移るかもしれない」

「まさか」

私の言葉に、彼は浮かぬ顔で答えるだけだった。実際はともかく、彼は少なくともそう思っているらしい。私は彼の前歴を思って、顔を引き締めた。

「まあ。韓国にしても戦争を避けるために中国に近づいたんだ。それでアメリカに攻撃されたら目も当てられない。新たな妥協が成立すると思う。戦争は回避出来るよ」

話を聞きながら、私は自分の拗《す》ねスイッチが入ったことに驚いた。彼の頬を引き伸ばしたくて仕方ない。なんというか仕事に彼を取られた感じさえする。そんなことを思う自分にびっくりした。

落ち着こうと考え、上を向き、迷った後、彼を見る。

「ええと。世界情勢はとても大切だと思うし、私達の仕事は日本国を守ることだとは思うのだけれど」

「あ、うん。すまない」

彼はすぐに察したようだった。私の目は三角だったかもしれない。

「夏休み中だけ、やめない?」

「やめる。悪かった。買い物に行こう」

彼は即座に言った。私は我慢出来ずに抱きついた。三〇過ぎても好きな人に抱きつくのは楽しいし嬉しい。

「トースター?」

私が甘えてそう言うと彼は頷いた。

「うん。他に欲しい物があれば何でも」

「ええと、そう、部屋着買わないと。可愛いやつ」

「な、なんで可愛いやつなんだ」

彼は突然警戒した。何を警戒しているんだろう。

「え、今は部屋着見る人いるし」

「ああその、僕としては心配なんだが」

「何が？」

私は目を細めた。彼は目線を右下にやっている。

「色々あるかもしれない。君の可愛い姿を他人から見られたら嫌だし」

「見られないように囲ってね？」

私が笑って言うと、信士くんは約束するように頷いた。

「分かった。だがそれでも色々あるかもしれない」

「例えばどんな？」

二秒、彼の動きは止まった。

「僕と君との間で色々あるかも」

私は目をさらに細めた。

「今までも色々あったよね」

「あった、が。その中には大きな間違いはない、と思う」

「間違いなの？」

「そうとは言わないが」

私は極限まで目を細め、笑顔になって彼を見た。

「色々なこと、もうない方がいい？」

「いや。僕のことが嫌いじゃなければ」

嫌いじゃなければ、って。この人は時々乙女より乙女だ。私は笑ったあと、抱きついたまま彼の手を取って、夏休みの最後の三日は家でごろごろしようねと言った。

彼は傾きながら頷いた。意味が伝わったようで本当によかった。今更なにも焦ったりはしていないが、嘘です。一刻も早く彼を受け入れて、全部独り占めしたい。

「指輪を買わないと」

彼の言葉に、私が傾いた。

「一体いつの時代の人ですか」

「ああ、いや、君はそういうの気にするかと思って」

「気にしないけど。まあ、貰えるなら貰います」

「意味が分かってるか。僕が言う指輪は」

「結婚指輪？　婚約指輪？」

「セットのものが売ってるらしい」

「貰えるなら貰いますと言ったけど、嘘です。全力で欲しいです」

彼の顔は真っ赤だ。私は抱きついてぎゅうぎゅうした。子供が欲しい。彼の子供が欲しい。

「じゃあ、夏休みの最終日はそれで」

それで、ここ最近仕事が忙しかったこともあり、時節柄どうなるか分からない、ということを言い訳にして、これまでの停滞を一気に動かした。親に彼のことを紹介しなければと思いながら、彼が高い指輪を買おうとするので辟易《へきえき》した。プラチナの相場からしてそんな金額じゃないでしょうと思ったが、彼の場合は違うみたい。

工作技術料と原材料費とデザイン料を積み上げ関数電卓で計算し、私はネット通販を推奨したが、彼はそこはけちらなくていいんじゃないかと言った。

「結婚したら財布別にしたい？」

「いや？　なんで」

「将来的に私の財布だと思うと、口出したくなるから」

「君に喜んでもらいたい」

「貴方が手にはめてくれるなら、それが一番の幸せだからね」

「ホントに気にしないんだな」

正直に言えば、最近発売された銀粘土も扱える３Ｄプリンターかなにかで自作したかった。が、それを言うと怒られるか、呆れられそうな気がしたので何も言わなかった。データで持っておけば傷ついたり壊れたりしても再度作り直せると思ったのだが。

将来的にはまめたんに３Ｄプリンターを。いや、今は仕事の話ナシ。全部ナシ。

夏休みが明けると、忙しさは一段落した。図面出しは夏休み前に終わり、あとは実機というか試作機が出来上がるのを待つだけになった。実際試作機が出てテストが始まれば、山ほど忙しくなるのだろうが、それまでは仕事が少ない。

私はそれまでなおざりになっていた資料作りや論文の作成を行った。今後まめたんを改良したり後継機を設計する際に大切なものになる。民間にも役に立つような気がする。

信士くんの話によると別チームでまめたんの空挺ポッド開発が始まるらしい。

一方試作機の製造完了は一〇月頭という。一号機のテストのあと、すぐに他の試作機が生産されるという話だ。日立では既に低率生産に入っていて、他のラインに混じってまめたんが作られ始めていた。本格的な製造ラインは来年早々に稼働するという。

以前、プロジェクトの立ち上がりの頃にラインの検討のために熊本へ行ったことを思い出す。自動車のラインを変更すればいいという話は、建機のラインを変更する形で決着したわけだ。

結局熊本の会社は検討してもらうだけになってしまった。プロジェクトが終わったら、お詫びを兼ねてお礼を言いに行きたい。そんなことを思った。お礼を言うのに出張費は出ないだろうから、自腹だ。いや、自腹でいい。思えば沢山の人の努力や協力でここまで来た。

ニュースは相変わらず不穏な話ばかりを流している。信士くんが言ったとおり、韓国では次々と日本攻撃計画が発見され、アメリカは攻撃を辞さないと談話を発表。日本、イギリス、オーストラリアがこれに賛成し、ロシアと中国、北朝鮮がこれを牽制する形になった。

この状況に合わせるかのように正式なアナウンスを前に関係者の話という形で新聞や軍事雑誌に、まめたんが載りだした。意外に正確な情報でびっくりするが、信士くんによると意図的な漏洩《ろうえい》というものらしい。一〇月に入ると試作機が届き始めた。まめたんは丸く、テスト用に赤く塗られていた。

「日の丸みたいでいいですね」

磯貝さんの後任だった広野くんが、微笑んで言った。皆が笑った。

「よし、日本を守るんだぞ」

八木さんがボディを撫でながら言った。まめたんは六本の脚でちょっと前進し、ボディを傾けた。

一〇月下旬には写真という形で報道にまめたんの姿が配布された。正式名称は二〇式自動歩兵。内外から取材申し込みが殺到したが、半分は戦争の心配よりも、陸自のロボットという見出しに引かれたようだった。

海外の反応もあった。中韓は揃って日本の右傾化と軍事侵略の可能性を批難したが、軍事評論家の多くとミリタリーマニアは警備用のごく限られた用途でしか扱えない、これこそ専守防衛国の兵器だと反論した。

実際はもう少し高度なことも出来るような気がしたが、私は苦笑することしかしなかった。機密だし、まあ、多くのまめたんは実際警備をやるんだろうし。

自衛隊の恒例としてまめたんに愛称をつけることもはじめたが、こちらは大荒れという話だった。日の丸とか炭団《たどん》あたりが人気の上位らしかった。このままだと投票によらず勝手に名前をつけることになるかもしれません、という話が回ってきた。いっそまめたんにしようかなとも。これまで陸上自衛隊では猫科の動物の愛称をつけることが多かったが、まめたんはその例外になりそうだった。

呼び名と言えば、アメリカ軍はまめたんをミートボールと呼ぶことにしたようだった。国によらず皆、丸いことが相当印象に残ったらしい。軍事評論家はこの丸みを避弾経始のためといい、このサイズではほとんど意味がないだろうと論じたが、実際にはひっかかりを軽減するためのものだと見抜いた人はいなかったようだ。

第一次試作機である三〇機のまめたんは、一八機が相模原で開発のテストに供され、残る一二機が陸上自衛隊開発実験団に送られてそこで運用試験を行うことになった。

一一月一日には相模原で最初の試作機一八機を使って報道陣に顔見せも行った。礼服を着た八木さんに続いて二列で並んで前進し、「一歩前に」の号令とともに一斉に脚を進める動画は、爆発的なビュー数を稼ぐことになる。

この姿には大抵の人が目を回し、日本では可愛いとか、可愛いすぎる、うちにも欲しいとの声の他、アメリカではR2D2みたいだ、戦闘機や戦車に乗せるのだろうかという声があった。中国では日本はよく分からないとか、戦争する気なさそうとか、いくらなんでも弱そうだろ、という感想が多かったようだ。

自分の作った物の感想は気になる。たとえ兵器でも気になるもので、私は毎日のように感想をもとめてインターネットのサイトを彷徨《さまよ》った。

多くの声はまめたんに否定的で、日本が本気で戦争をする気はないという空気に包まれていた。良いことだと、私は思った。これが抑止力と言えるのかどうかはさておき、戦争など起きないに越したことはない。

そうこうしているうちに一一月の第一週が終わり、私は開発実験団へ一時配属されることになった。場所は富士駐屯地ではなく、なぜか富士学校らしい。ちょっとした里帰りのつもりが本格的な里帰りになってしまった。

信士くんも、ついてきた。

「よくついて来られたね」

八木さんがよく手放したものだ。外渉に欠かせない人物だったのに。私がそう言うと、彼は僅かな距離を走る新幹線の席に座りながら苦笑した。

「自覚はないかもしれないが、君はあそこで相当もめたことになってる」

そんなものだろうか。私としては一度襲われたという、それくらいの覚えしかなく、他には職場で上司に辟易したという程度の認識だった。

　でも、信士くんがついてくるのは嬉しい。

　私は彼の腕を取って笑った。指を重ねる。指には指輪がついている。高くてもよかったなとちょっと思った。安くても嬉しいが、輝いていると幸せな気分になる。今日は私服での電車移動だから、こういうこともできるのだ。

「そうなんだ。でも嬉しいな」

「まあ、それともう一つは、護衛かな」

「何の護衛？」

　私は信士くんに頭と体を預けながらそう言った。結婚したら新婚旅行にも行きたい。あと、子供が欲しい。信士くんの子供を育ててみたい。

「君の護衛」

「守ってね、旦那さま」

「ああ」

　存外に本気そうだったので、私は少し疑問に思った。よくも悪くも、まめたんの発表で日本以外の全部の国が当惑している感じすらある。当惑による小康状態。それが今の情勢だった。

「いざとなったらまめたんもあるから。一二機だけど」

信士くんは答えようとして黙った。座席の前の方、扉の上に掲げられた電光掲示板を見ている。一行ニュースが流れていた。

〝アメリカ、韓国の軍港を攻撃か。CNN伝える〟

私と彼は慌てて携帯電話を取り出してネットから情報を集めようとした。皆が同じことをしているのか、電波の繋がりがひどく悪い。

読み込みを待つ間に、静岡に着いてしまった。迎えの車が来ている。

迎えの人も私服だった。車は富士重工のなんとか。青いセダン。空気取り入れ口が増設されている。ターボね、と私は思った。後付けから考えて特別なモデルなんだろう。工作精度から考えてメーカーが作っている特別モデルに違いない。

「お迎えにあがりました」

私は指輪を外し損ねたことに気付きつつ、頭をさげた。帽子をかぶっていないので、信士くんもお辞儀している。

「お世話になります」

「さっそくですがどうぞ車内へ」

まめたん三台分、重量でいえば八台分くらいある車だった。価格は三〇〇万円という。まめたんの二倍になる。重量が価格にほぼ比例する機械系の製品のなか、まめたんが価格の割に軽いのは、高度な電子機器を詰め込んでいるためだった。携帯端末が重量に比して高いように、まめたんも重量に比較して高い。まめたんは機械と電子機器の間の位置をしめる機材だ。

車は交通の流れに乗って、法定速度を一〇㎞ほどオーバーして走っている。私は指輪を外すかどうか迷った後、外すのをやめた。どうせ、皆には知られていることだし。

ドライバーが運転しながら口を開いた。エンジン音が結構車内に入ってきていて、それで大声になっている。

「ここ最近、富士駐屯地近辺には軍事雑誌の記者やライターが張り込んでいます」

「まめたんを記事にするために？」

私がうまく喋れないでいると、信士くんが口を開いた。頷く運転手。

「そうです。まあ、中にはそれを装ったスパイも相当いるようですが」

「記者の副業かもしれないが」

「まったくです。どこの国も考えることは同じということで」

日本でも記者にスパイをさせることがあるのかしらと思いながら、懐かしい道を走る。そうそう、このまままっすぐ。富士が見える。なんだか楽しい。

まめたんと私の凱旋帰国だ。旦那付き。いや、この場合は私と旦那の間の一二機の子供付きで凱旋帰国だろうか。

つまらないことを考えるうちに、富士学校に着いた。

お世話になったいろんな人達に挨拶回りをしたかったが、スケジュールは詰まっている。急いで着替えて、着任報告。

「本日付けで陸上自衛隊開発実験団のお世話になります。こちらが藤崎綾乃、自分が伊藤信士であります」

「第一実験隊の吉崎です」

私は頭を下げた。吉崎さんという、年齢は四〇代だろうか顔の四角い理知的な人は、事情を知っているのか私には話しかけずに横にいる信士くんに話しかけた。

「大変な時期の着任になったね」

「鋭意奮闘する所存であります」

「そうだね。LTKは我が国に一番必要とされている装備だから」

吉崎さんはそう言って頷いた。

LTKはまめたんの開発略記号だ。開発現場ではみんなまめたんと呼んでいたが、こちらでは伝統に沿って略記号で呼んでいたらしい。

「富士駐屯地の方が何かと便利がいいと思うんだが、済まないね」

「いえ。防諜の重要性はよく理解しております。荷物はどこに？」

「今朝方来たよ。まだ誰にも触れさせていない。今は即席の格納庫に入れてある。警衛を四人立ててもらっている」

警衛ってなんだろうと思った。が、どうも警備のことらしい。私はまめたん自身に警備させればいいのにと思いつつ、何も言わなかった。防諜とも言っていたからスパイ対策なのかもしれない。スパイにテストされたら困るし、まだ不具合もあるだろうからしばらくは人間のお世話になることにしよう。

久しぶりの富士学校、当たり前と言うべきか顔ぶれは結構変わってしまった。ぱっと見た感じ会いたくない元上司がいなくなっていたのは、とても良かった。会ったらどう話をしたものかと思っていたのだった。

着任挨拶の後はオフィスへ、若い三曹に部屋まで案内してもらう。目下開いてる部屋がここしかなくてと恐縮されながら、いつか二人で床に座った元資料室に案内された。信士くんと二人で笑った。案内した三曹は、とても不思議そうだった。

富士学校まめたん研究分室、誕生。

「資料をおいたら、すぐに格納庫へ行きます」

案内の人に、珍しく小声ではなくそう言った後、この二年を思った。駆け足だったが、悪い駆け足ではなかった。

信士くんに優しくお尻をつつかれる。慌てて関数電卓とノート、整備用のタブレット端末だけを持って、外に出た。まとめて胸の前に抱いて、歩いた。

自衛隊の中の方が却ってリアルタイムの情報には疎いものだ。こっそり情報を知るつてや知り合いがいないとなおのこと。私と信士くんはアメリカによる韓国攻撃のニュースを知りたがったが、携帯電話も電源を切ってロッカーに入れている今、知ることが出来なかった。

実際にはこの時間、アメリカ軍は韓国のイージス艦を航空攻撃で破壊し、続いて空軍基地を空爆しはじめていた。ほとんどの作戦機が日本から飛び立っていた。

空挺の練習で使われる降下塔の近くに、臨時の格納庫は造られていた。いかにも臨時で即席という風ではあったが、丈夫そうな建物だった。

夕日に照らされるこの臨時の建物を見るだけで、防衛省はまめたんを本気で量産しそうなことが分かる。ちょっとした感慨。もっと格好いい形がよかったかなと思った。

立哨している歩哨の方に信士くんに隠れてご挨拶し、というより挨拶してもらい、ちょっと苦笑される。信士くんが警衛状況の説明を受けている間に、私は一足先に格納庫の中に入ってまめたんを見た。コンテナから出てきたと思われる。輸送用のスライドレール式立体駐機装置に縦二行横二列奥行き三機で合計一二機のまめたんがコンパクトに収まっていた。

実戦に近いテストはまだ想定していないのでカラーリングはオレンジと赤のままだが、バトラーもきちんと搭載されている。

バトラーというのはレーザー銃とレーザー受信機を使った射撃訓練装備で、まめたんの標準装備だった。テスト機だけの特別装備ではなく、普段からの訓練や演習用に標準搭載されている。この案は元々ここ富士学校にいる間に普通科と機甲科の人からぜひ、と言われて装備したものだった。

他の装備を確認。まずは普通科用の各種銃器、普通科の兵器を借りてテストするのは差し障りがあるので今回自前で運んできている。人間用の弾倉はなく、全部が大型弾倉を持っていた。

実包は弾薬庫に運ばれるはずだったが、手違いなのかまだなのか、弾薬箱の中に入ったままだった。確認したら後で言っておかないと。

土木用装備や地雷原啓開装備も三セットずつある。普通科でまめたんを指揮するためのヘッドセットも一二機ある。

一二機のまめたんとその武装、各種補機類。これら全部を、陸上自衛隊が装備する三t半トラック一台で輸送出来る。本当なら一六機運べる。

私はまめたんを充電器に繋ぎだした。輸送用の立体駐機装置は充電ステーションの機能もある。本当は全機に発電用バックパックを装着して軽油燃料を入れてやりたかったが、入れるためには手続き上給油所に行って危険物取り扱い免許のある人が立ち会わないといけない。

それで、今日はバックパックをつけるのはあきらめた。今日のうちに輸送中の故障物がないかチェックするつもりだったのだが、一部は明日に持ち越しになる。

私はタブレット端末を起動させた。全機が正常に充電状態に移行したことが図で表示されている。

続いてセルフチェックに遷移。全機の全機能がチェックされていく。モーターの音がするが、見た目には特に変化がない。全機問題なし。

思わず笑みがこぼれる。戻ってきた。この子を産むために。

その時、遠くで音が聞こえた。タイミングが良すぎたので祝砲かとも思ったが、違った。

すぐに信士くんが入ってきた。

「何か起きた」

「え？」

「何か起きた。見てくる。君はここにいてくれ」

信士くんは手短にそう言って走って行った。

私はうっかり彼の手を引っ張り損ねた。本当にうっかりだった。本能は手を引こうとしていたのに、仕事だからということが念頭にあった。

倉庫で待つ。耳を澄ます。音は連続して聞こえる。怒号のようなものも聞こえる。

気付けばタブレット端末を取り落としていた。指が白くなるまで、拳を握っていた。

脚が震えている。

今この瞬間、自分が撃たれるとか、そんなことよりも信士くんがどうなっているか、それだけが気になっていた。心配だった。私は愚かだった。国や富士学校のことなど、忘れた。

格納庫の扉は閉められている。まともな窓があるでもなく、音だけが頼り。私は自分の歯が鳴る音を聞きながら、お腹の下の方に痛みを感じながら頭を使えと自分に言った。声が出たかどうかは分からない。

頭だ。頭を使うんだ。私にはそれしかない。

タブレット端末を拾い上げ、板のようなそれに触れてまめたんをモニターした。まめたんには通信機能や味方の動静や状態を知るための高度なデータリンクシステムが装備されている。

これを使えば。

「〝起きろ〟まめたん」

タブレット端末の画面に味も素っ気もない文字でメッセージが表示される。

―起動シーケンスに入りました。起動タイプとパスワードを入力してください―

「起動タイプ、静止テストモード。パスワード、私の可愛い丸い子供」

―パスワードを認識しました―

一二機のまめたんが一斉に電子的にアクティブになった。データリンクしてＲｅＣｓ２に繋がる。テストモードでは同じくテストモード下にあるものしか状態をモニタリングできない。待つ。情報が表示される。

最初に接続したのは富士駐屯地の一〇式戦車と一八式装甲戦闘車だった。

近くで戦闘が起きているらしい。そんなことは分かっていると思いながら、他の情報を読み取ろうとする。一八式装甲戦闘車がモードを切り替えたのか、すぐに非表示になった。私は一〇式戦車が非表示になることを恐れながら情報を得ようとした。いや、こんなことをするよりも外に飛び出して彼の名前を叫んだ方がいいんじゃないか。

信じられないほど手から汗が出ている。一〇式戦車が移動状態を示した。ほぼ直進、移動速度は時速七〇㎞。

暗算で結果は出ているが関数電卓を叩く。時速七〇㎞で三分移動すると三・五㎞。近くでの戦闘ならそんな動きはしないはずだから、おそらくはこうだ。全速で援軍に向かっている。テスト中の戦車が出るほどだから大事なのは間違いない。戦車の航続距離や故障のしやすさから考えて、事が起きているのはここ、富士学校。

敵が中国人なのか韓国人なのか分からないが、攻撃を仕掛けてきたのは間違いない。アメリカ軍基地へも攻撃しているのだろうか。

落ち着け、落ち着けと膝を何度も叩く。信士くんが死んだら生きていられない。

信士くんを守る手はないか。一秒考え、二秒迷って次の瞬間まめたんを見る。立体駐機装置に並んだまめたんは、産まれることを待っているようにも見えた。

音が近い。私は関数電卓とノートを置いて、ヘッドセットを手に取った。頭につける。タブレットを手に持つ。信士くん、信士くん。

「モード変更。戦闘モード」

―パスワードを入力してください―

「パスワード、私の可愛い祖国」

―パスワードを認識しました―

―Iイルミネーターは戦闘序列を決定しています―

一二機のまめたんが一斉に目覚めた。テスト用に装備された赤色LEDが一斉に正常を示す青色LEDに切り替わる。

―指揮官がいません―

周辺に自衛官がいないと判断し、まめたん達は一旦待機モードに入った。私は二〇〇m以内の近距離に戦闘可能な自衛官がいないことを知った。落ち着け。信士くんは技官扱いのはず。

「モード変更。開発モード。パスワード、私の可愛い彼」

―パスワードを認識しました―

―Iイルミネーターは戦闘序列を決定しています―

―開発モードの指揮官は藤崎綾乃技官です―

「続け」

私はまめたんを引き連れて前進した。遠くから炎の音が聞こえる。

幸い実包も武装も格納庫に揃っている。

「まめたん、全機武装開始。ロード」

―ロード開始します―

まめたんが一斉に立体駐機装置から滑り降りていく。着地後六本の脚を三本ずつ交互に動かして武器の前に並んでめいめいの腕を伸ばし、武器を武装ステーションに装備した。機関銃や八九式小銃を装備し、大型弾倉を接続する。動作テストとして全機が武装ステーションを回し、上下させた。

―ロード正常終了のお知らせ―

「まめたん、組織化。戦闘用意。報告」

―LTKヒトヒト　準備よし。オクレ―

―LTKヒトフタ　準備よし。オクレ―

―LTKヒトサン　準備よし。オクレ―

―LTKヒトヨン　準備よし。オクレ―

……


―LTKフタフタ　準備よし。オクレ―

　全てのまめたんが今はここにいない味方に対してテストを開始したと通信を開始した。相模原でもこの情報は拾われるはず。

―LTK全機　準備よし。グループ名：まめたん小隊　オワリ―

「まめたん小隊、運転はじめ。警戒行動に遷移。敵味方識別開始。小隊内データリンク開始。バトラーオフ」

―LTK全機　警戒行動に遷移。データリンクは正しく接続されました。バトラーオフ―

　まめたん同士がReCs2を介して情報的に連結された。人間の処理能力を超えてまめたんが有機的に連携をはじめている。

　よし、この子たちがある間は、私は無力な三〇女ではない。まめたんを使える三〇女だ。

「戦闘展開」

　すぐ外で音。

―戦闘展開完了のお知らせ―

「まめたん小隊、攻撃前進。前へ」

―前へ―

　格納庫の両開きのドアが開いた。まめたん一二機が一斉に射撃してドアが蜂の巣になる。

ドアを開けようとしていた二名が死んだ。

私の指示や判断よりずっと早く、まめたんは画像処理して敵味方を区別していた。そこらの量販店で買った服装の二人が倒れている。手には銃を持っている。

私は死体を見ないようにして横を歩いた。まめたんが動いていないということは、敵はいない。

「続け」

まめたんは左右に広がって私の前後左右に展開した。カメラを動かし、互いにデータリンクして私のタブレット端末上に情報を表示し始める。眼鏡をつけていてもよく見えない私の目よりずっと確実に、情報を拾っている。

敵のすぐ近くに銃剣を持ったまま死んでいる歩哨の人がいた。銃で射殺されたわけではなさそうだった。手にしていた銃には弾が入っていなかった。

色々考えるべきことはあったかもしれないが、私は信士くんのことしか考えられなかった。

私は信士くんを捜そうと考えた。何よりも彼のことしか考えられない。他はその後に考えよう。

「想定敵地：捜索と救助」

—サーチアンドレスキューを開始します—

まめたんは機械でしかできない正確さで私にあわせて移動しながら捜索を行いはじめた。私には出来ない。私の脚はすくんでいる。それでも歩いているのは、怖いからだ。信士くんを失うのが怖くて歩いている。

私より先にまめたんが格納庫を出て、右に曲がる。音、暗がりに向けてまめたんのうち三機が降下塔に向かって射撃を行っている。七〇〇ｍくらいはあったろうか。

まめたんは複数のまめたんの目で多角的に敵をカメラで認識し、三角測量して距離を割り出し、狙撃まがいのことをやってのけていた。

塔から落ちる人。私は近寄って黒っぽい服を着た外国人風の人物を見た。この人も小銃を持っている。死んでいた。まめたんは躊躇《ちゅうちょ》も遠慮もせずに直ちに仕事をしたらしい。人間なら躊躇するし目標を見極めようともする。人を撃つときに悩みもするだろう。だがまめたんにはそれがない。今のところそれが有利に働いている。

射撃プラットフォームとしては安定感が高くて同じ人間用武器でも命中率が違う。

敵四名を排除。まめたんの開発者として、あるいは技術者として満足感に浸れるかと思ったが、そうでもなかった。一人の個人として良心が痛むこともなかった。信士くんを探さないといけないということだけだった。

あちこちで炎があがっている。間断なくひゅるひゅるという音がする。まめたんにも牽引運用出来るようにテストしたことがあった。これは迫撃砲だ。敷地内に砲弾を落としているということは敵だろう。敵は思っているよりずっと大規模な襲撃を行っている。

敵はなぜ富士学校を攻撃したんだろう。そんなことをちらりと考えた。すぐに忘れる。そんなことはどうでもいい。

彼が出て行ってそんなに時間はたっていない。五分くらい。徒歩五分で迫撃砲による攻撃を受けているとすればそんなに距離を稼げるとも思えない。遠くはない。

私はタブレット端末に表示された地図を指でなぞり、まめたんに捜索範囲を指定した。三〇mほどの距離のところで煙があがる。現実感はなかった。もう少し近ければ無事では済まなかったろう。

――一名救助――

――一名死亡確認――

――一名死亡確認――

表示が出始める。足がすくむ。いや、歩く。いや、走る。

救助された人物めがけて走る。救助しています。救助しています。という音声とともに、一機のまめたんが襟をボディ後端の牽引用折りたたみフックにかけて人を引きずってやってきている。一応プログラム通り速度はゆっくりで、傷に響くことはないはず。

顔を覗き込む。信士くんじゃない。相手は目を開けて私を見ている。

「大丈夫ですか。こっちへ」

大丈夫もへったくれもないが、私はまめたんが引きずる負傷者と一緒に元々の格納庫へ入った。

また近くで着弾。怖くない。怖いのは別のこと。まめたんのフックから負傷者の襟をはずしてまめたんをまた捜索へ向かわせる。

タブレットには続々と捜索結果が表示され続けている。

—一名死亡確認—

—一名死亡確認—

—一名死亡確認—

神経がおかしくなりそうな表示が続いていく。

—交戦中—

私は交戦表示されている場所にまめたんを集めた。戦闘終了の表示。ライブ映像に切り替わる前に戦闘が終わっている。

—一名救助—

救助者をこちらに運ぶのを指示しつつ、死者を集めるかどうか迷う。どうすればいいか分からない。助けて欲しい。

「救助しています。救助しています」

聞き覚えのある音声に顔を出す。駆け寄って顔を見る。信士くんだった。げんなりした顔をして引きずられている。

「救助プログラムは見直した方がいいな。僕はまだ歩ける」

私はそんなことどうだっていいでしょうと彼の肩を揺さぶりながら泣いた。鼻水が出て眼鏡がずれた。眼鏡を取る。

「怪我は?」

「引きずられて痛い」

私は座り込んだ。涙が止まらない。彼が私からタブレットを奪い、自分自身の救助指定を外している。起き上がって私の手を引いた。格納庫に戻る。私を抱きしめた。抱きしめ返した。ずっとこうしていたかったが、何十秒と出来なかった。

「敵にしてやられている」

「敵って誰?」

私は混乱しながら言った。

「所属、ということならまあ、中国の可能性が三割、韓国の可能性が七割かな」

彼はひどく落ち着いている。

「韓国だってアメリカの同盟国……」

同盟国でしょうと言いかけて、私は黙った。アメリカ軍は既に韓国に攻撃を始めている。

信士くんは頷いた。

「そういうことだ。こうなることをある程度予想して準備していたのかもしれない」

だからといってバカなことをと思ったが、この事件で集団的自衛権の行使にいちゃもんをつける人間は沢山いそうだ。

でも、この人が無事ならいい。私は酷いことを考えた。沢山の人が死んだけど。信士くんが無事なら……。

「敵は何を？」

私は酷い女だ。誰よりも信士くんを優先させたことを隠すためにどうでもいいことを口にした。信士くんは私を優しそうに見ている。落ち着いた調子で口を開く。

「タイミングから見て〝まめたん〟狙いかな」

私は面食らった。まめたん自身の機密度はそんなに高くはない。低機能低性能だからだ。ところどころ人間よりは良いところはあるものの、機甲突破に用いるとか、そういうことでもやらない限り人の命が安い国なら人間を使った方が遥かに柔軟に使うことが出来る。

「でも、まめたん狙いで攻撃なんて」

「まめたんに攻撃を行って試作機に損傷を与えれば日本の参戦を遅らせることが出来ると考えたのかも」

「まめたんは沢山試作されているし、今も量産されているわ」

「その事実を摑んでいなければね」

彼は冷静に言った。渋い顔。

「しかしどうやってまめたんで反撃できたんだい？　演習モードではバトラーしか使えないはずだったが」

「開発モードで、バトラーはオフ出来るの。あとは実射テストと同じ要領。プログラム自身はあるから、あとは実射テストと機動テストを同時に行えば開発モードで戦闘行為が出来るの」

信士くんは苦笑した。

「君は誰よりも男らしい」

「男らしくなんかない！」

思わず叫んでしまった。涙が出る。もう泣く。

「ごめん」

彼はなだめようとして横目でうめいている負傷者を見た。表情を変える。

「続きは後で。僕たちは僕たちの出来ることをやろう」

「何を」

「富士学校は自衛隊の施設ではあるが実戦を想定していない。警備は厳重だが、それは平時での話だ。火薬庫以外では歩哨も銃弾を装着していない」

ドアの外で銃剣だけを持って死んでいた歩哨を思い出した。

「そんな中、さしあたって戦える戦力としてまめたんは貴重だ。戦闘は続行出来るかい？」

私は慌ててタブレット端末を見た。まめたんはまだ捜索している。各機の状況を見る。いずれも損傷はない。バッテリーは九割、残弾も七割以上ある。まめたんの残弾計数は人間より遥かに信頼出来る。

「出来るけど」

「反撃しよう。敵の思い通りなのかもしれないが、まずは被害を減らさないと。火薬庫に火が回ったりすれば大惨事だ」

「思い通りって？」

「敵はまめたんの戦闘力に関する情報を得るのが一つの目標、かもしれない」

サイバー攻撃で情報を盗んだ方がずっと簡単だし、中国ならそうしているだろう。なるほど、韓国が七割とはそういうことか。しかし、中国と米国の間で生き残りを図ったあげく攻撃にさらされている韓国の苦境は、隣国であるだけにぞっとする。だからといって日本を攻撃したことを死んだ人や遺族が許す訳でもないだろうけど。

私はタブレット端末を信士くんに渡した。信士くんは少し迷った後で私に返した。

「君が扱ってくれ。今この場で、一番うまくまめたんを使えるのは君だろうから」

「危ないことしないでね。約束だからね」

「そのためのまめたんだろう」

「そうだけど。どうすればいいの」

彼は顎《あご》の下の方に指を当てて考えている。

「敵は精強かもしれないが正規部隊というわけじゃない。補給だって難しいだろう。時間は我に味方する。富士駐屯地から増援も来る。だったら敵は何を考えてどう動くかな」

私はその疑問をまめたんに入力した。厳密にはまめたんが電子的にぶら下がっているReCs2（基幹連隊指揮統制システム二型）を通じてデータベースに問い合わせた。指揮支援システムとして過去の戦例から近い例が選択されて推奨案が評価付きで出てくる。

「敵は短時間の攻勢の後、撤退する」

私は表示を読み上げた。信士くんはびっくりした後、私のタブレット端末を覗《のぞ》き込んだ。

「凄いな」

「Googleで検索するみたいな感じ」

「なるほど。まあ、確かに敵は奇襲効果があるうちに企図を達成して脱出するだろうね」

彼は考える。口を開く。

「企図の阻止と追撃。出来れば被害を減らしたい」

「そういうのは尋ねても調べられないわよ」

「独り言だよ。いや、企図がわかんないんだからとにかく交戦して味方被害を減らす。減らして敵が下がったら追撃する」

私は頷いた。彼が前にさえでなければ、正直何でもいい。

「敵を探しながら攻撃しよう」

彼の言葉に、私は指示を変更してまめたんに捜索と交戦を行わせた。まめたんは六機ずつの二チームに分かれて捜索をしている。

チーム分けやルート選択は全てまめたんとReCs2にお任せだが、六機一チームとは思わなかった。もっと小分けになって捜索すると思っていたのだが、まめたんはこれが最良と考えているらしい。開発モードの利点を生かしてプログラムの実行状況を覗いてみる。まめたんは敵の識別のためにより多くの目を必要としていた。

まめたん一機が装備する二台のステレオカメラだけでは情報が不足しているらしい。一応の用心で味方の識別を電子的情報だけでなく画像認識もするようにしているから、確度をあげるためにそういう結論になったらしい。

まめたんは六本脚を曲げ、人間にあたる膝に装備された車輪で高速に移動している。一列ではなく六機が指のような感じで……指は五本だけど……有機的に動いている。チープな材料で作ってある割に、その動きの生き物めいた動きに、研究者として目を奪われそうになった。実戦で試してみないと分からないことが沢山あるのだ。試験期間をもっと長くできないだろうかとそんなことを考えた。思わぬ不具合だってあるかもしれない。

まめたんが敵かどうか迷う存在を画像データにしてタブレット端末に送ってきている。樹の上にいて日本人ぽい女性で黒っぽい服を着ている。武器は持っていないがカメラを持っている。

「敵だ」

一目見て彼が言った。私は無意識に指示通りに敵と判断して返した。まめたんの三機が射撃。一秒ほどの射撃で片がついた。生きてはいないだろう。頭に当たっている旨の表示が出ている。

怖いと思いつつ、罪悪感が全然ない。攻撃されたから報復だというそんな気持ちではなく、単純に敵を攻撃した意識が希薄だった。まめたんは日本人を、あるいは日本という国を酷薄にするのかもしれない。

「カメラを持っているということは、敵はまめたんの情報を得たいのかもな」

彼は格納庫から外の様子をうかがいながら言った。続いて負傷者の状態を見ている。

「捕獲して持って帰りたいとか」

私は画面を見ながら言った。まめたんがまた敵と交戦している。今度は建物と建物の間、横合いから至近距離で撃たれた。即座に武装ステーションを回転させてまめたんが反撃。今度の敵は建物の影に隠れながら撃っているがまめたんは建物の壁を削りながら射撃を行っている。六機のうちの一機が、M2重機関銃を装備していた。

壁を破壊して敵を射殺した。記録上では二人射殺している。二人組だったようだ。そう言えばカメラを持っていた存在以外、敵のほとんどは全部二人組だった。

私はライブ映像を非表示にした。静止画ほど鮮明ではないが、人が死んだと分かる程度の動画ではあった。一度戦いが始まった瞬間、人の命が特売セールされている。

至近距離から射撃を受けたまめたんの損害状況をモニタする。

表面のフェアリングに破孔がいくつか出来て薄い金属がめくれあがっているが、繊維装甲とその後ろの空隙で弾は止まっていたようだった。まめたんの場合、装甲に板は使用していない。一応オプションでセラミック製のものが九枚、合計三〇kgまで装備出来るように作ってはあるが、そちらはまだ試作されておらず、調達するかも怪しかった。重量増によって機動力が損なわれるからだ。

私は六機のまめたんが建物に侵入していくのをタブレット端末上で見た。車輪で動くのをやめ、三本の脚を交互に動かして丸いまめたんたちが並んで階段をあがっている。

上方向から盛んに射撃を受けている。銃弾を受けてまめたんの表面に火花が散るなか、まめたんのカメラと武装ステーションが上を向いた。六機六門による応射をしている。

手榴弾が投げ込まれる。危ないと思った瞬間にまめたんは脚をひっこめてごろごろ転がって階段を落ちた。爆発後、何事もなかったかのように脚を広げてまた階段を昇り始める。

敵はこの隙にさらに上方へ逃げ出したようだった。手榴弾と上からの射撃によりまめたんの一機がカメラを破壊され、一機は脚を一本打ち抜かれているが戦闘力に支障はなさそうだ。脚は二本まで失っても戦闘そのものには影響がない。カメラの故障は他の機体が視界を貸すことでカバーすることが出来る。階段を昇るのを再開するまめたんたち。

人間と違って打たれ強いなと、私は思った。目をやられて戦闘を続行出来る兵士はないが、まめたんにはそれができる。設計時に予想していたよりずっと、まめたんは強いのかもしれない。

「まめたんを捕獲して持って帰るのは難しいんじゃないか」

タブレット端末に表示されるライブ映像と戦闘状況を見ながら、思い出したように信士くんがそう言った。

「そうかな」

「重いだろあれ」

まめたんは一機一六〇kg。設計段階より一〇kgほど増えている。機械としては軽いけど、人が持つことを考えると確かに重い。持ち運ぶのは無理か。トラックに運び込むのだって大変だろう。

「部品だけでも持って帰ろうと思うかも」

「それはあるな」

信士くんは負傷者の脈を診ている。一息ついている。大丈夫そう。

「どうしたの？」

「いや、まめたんを使ったのはいいが、みすみす敵に情報を与えてしまった」

「まだ逮捕とかできるかも」

彼は頭を振った。

「僕なら一部ずつでも情報を持って脱出させる。順次ね。一部はもう逃げてしまっているかもしれない」

そうか。確かにそうするかもしれない。でもそれは随分非情のように感じた。少なくともまともな軍隊の動きじゃない。

「もっと、まめたんに数があればよかったね」

「仕方ないよ。いや、まめたんはよくやっていると思う。少なくとも掃討戦には役立っている」

「うん」

私はまめたんの起動からの時間を見た。まだ二〇分しか経っていない。バッテリーはまだ九割、運用可能予想時間は八時間を保っているが、このまま戦闘が続行することを考えると少しの不安があるし、運用可能予想時間は現状、単に残電圧量とこれまでの消費電力量の微分から予想する原始的なもので、どの程度あてになるかと言えば全然あてにならなかった。

この運用予想時間の推定は連続運転や負荷、気温などのファクターが入り乱れて難しく、長期にわたる運用データの蓄積が必要だった。

さらに搭載されたリチウムポリマーバッテリーはその物理的特性として急激に電圧が下がる傾向がある。理論値はともかく実際どれくらい使えるかは、これからの運用試験を通じて見極めるつもりだった。

私は唇を引き絞る。バッテリー容量少なかったかな。いや、重量との兼ね合いのなかで、最大量は確保した。これ以上は運用の工夫でどうにかするしかない。

突然、建物の外で別行動している六機のまめたんが武装ステーションを回転させて射撃を開始した。

建物に向かって射撃。ライブ映像では窓ガラスが次々割れているのが見える。プログラムミスかと心臓が飛び上がる。タブレット端末を取り落としそうになった。

「あれ、なんでこんなところを攻撃してるの」

「この建物、ズーム出来るかい？」

信士くんが現実的な提案をした。ログを見ながら信士くんの提案も続行する。

「合成して解像するからまって」

射撃をしていた六機のまめたんが一斉にカメラを信士くんが指定した建物に向けた。光学限界までズームした後、六機の画像を富士学校内のＲｅＣｓ２の指揮訓練用コンピューターに転送して重ね合わせて立体かつ解像度の高い映像を得る。再表示。重い。転送か計算に時間がかかっている。

「出た」

不鮮明ながら建物から薄い煙と光が出ている。人が倒れているのも見える。行動ログを見て確認。

「この子たち、支援してる」

「階段昇っていたまめたんたちを？」

「うん」

まめたんたちは人間が元来持っている日常的な距離感というものを持っていない。持っていないから人間から見るとトリッキーな行動をしているように見える。

建物の中のまめたんのカメラの映像を〝借りた〟外のまめたんはそこから計算して射撃を実施していた。

これは設計段階では想像もしていなかった効果だった。他機の機能や情報を借りて使うことで、まめたんは想像以上に戦闘で活躍している。

「すごいな。まめたんは」

私の表情を見てどう思ったか、信士くんが微笑んでそう言った。

「単体としての機能は知り尽くしているつもりだったけど、ネットワーク上に乗せた時の相乗効果は分からなかった」

「設計した皆がすごいと思っているさ。それにしてもネットワーク戦車というと格好いい気がするね」

床に座り込んだ信士くんは優しい声で言った。

「うん」

私は少し笑った。隣に座る。信士くんに抱きつきたい。早くこんな状況から解放されたい。

「それにしても、韓国の企業やら政府やらは欧米の投資を相当受け入れていたはずだ。アメリカ軍の攻撃は自分の身を切るようなものだな」

信士くんは苦笑して言う。さすがの彼も、アメリカが韓国を攻撃することは予想もしていなかったらしい。ひょっとしたら日本全体が、想定していなかったのかもしれない。

私は少し考える。経済に興味があるわけでなく、気分を紛らわせるために考えた。

「身を守るために攻撃したのかも。つまり自国企業の財産をまもるために、攻めた」

少なくともそう国民を信じさせる材料を持っているはずだ。

難しい顔をする信士くん。

「それはそうなんだろうが。アメリカのこの対応は、日本もいつかは韓国のようになると警戒させる結果になるんじゃないか」

「それは、そうだけど……」

信士くんは考えている。

「まあ、アメリカもバカじゃない。だから日本に今まで以上に親切にしてくるだろう。日本の必要性、重要性がアメリカ国内で声高に叫ばれて、竹島くらいはくれるんじゃないかな」

「はぁ」

気分はあまり紛れなかった。信士くんも同じらしい。

「休憩終わりというところかな」

「そうですね。今は目の前の問題に対処しないと」

ノートや関数電卓と一緒に、現実逃避も置いてきたのかもしれない。なくしてわかる重要性。現実逃避を早く拾い上げたい。そうしなければ。

起動から二五分。まめたんは建物内を制圧した。武器を持っている敵が両手をあげている。まめたんが捕虜二名と情報を送ってきている。一体のまめたんに捕虜の監視をさせ、あらかじめ用意している音声ガイダンスを流す。

「こちら、日本自衛隊の警備ロボットです。両手を頭の上におき、壁を背にして座り込んでください。指示に従わない場合、攻撃する可能性があります」

日本語と英語、韓国語と中国語で同じ内容が繰り返される。

捕虜は大人しくしている。一人が隙を見て走ったところをまめたんが後ろから射殺した。アナウンスはまだ続いている。残る一人の捕虜は極度の緊張から震えながら日本語で許しを請うている。

「信士くん。敵は流暢な日本語を使っているみたい」

「しかし過激派にしては数も武器も訓練も整いすぎている。まあ、尋問は後で専門家がやるさ」

専門家って誰だろう。捕虜尋問のノウハウは日本にない。そういう訓練や研修があるということも、私は聞いたことがない。

気付けばあちこちの部屋から丸腰の自衛官が出てきている。座学かなにかの途中だったのか、捕虜とまめたんたちを見て、その異様な光景に動きを止めている。

慌ててマイクに声を入れようとする。うまく舌が回らない。そもそも何と言えばいいのか分からない。信士くんが私のIイルミネーターを取って片耳をあてた。声を入れる。

「こちら、LTK試作機の試験部隊。そちらは無事か。状況を知らせよ」

「一〇名以上が殺されました。くそ」

最後の言葉は不規則発言だった。答えた自衛官を中心に捕虜を囲んでいる。一人が落ちていた銃を持った。

私の息が止まる。

「やめろ！」

信士くんが大声で言っている。私は慌てて手を伸ばしてタブレット端末から音声ガイダンスを流した。

「捕虜への虐待は禁止されています」

まめたんからも音声ガイダンスが流れたが、なんの意味もなかった。

生き残った捕虜を学生達が怒鳴りながら文字通り蹴り殺そうとしている。怒鳴っている内容は射殺された同窓や教官の名前のようだった。

「やめろ、やめるんだ」

信士くんが重ねて声を掛けている。

「この場にいない奴だからそんなことが言えるんだ！」

誰かがそう叫んだ。そうかもしれない。画面越しだから、殺意がわかないのかも。でもそうかもしれないけれど。

私は暴徒鎮圧の指示をまめたんに出した。まめたんに装備されたスタンガンが飛び出る。即座に自衛官二人が高電圧に撃たれて叫んで倒れた。

「捕虜への虐待は禁止されています」

「捕虜への虐待は禁止されています」

「音声の指示に従ってください」

「聞いてくれ、こっちは無人機で試作機だ。別に捕虜を助けたくてそんなこと言ってるわけじゃない。理解してくれ！」

信士くんは流れるように真剣な声で嘘をついた。あまりの高い演技力に私があっけにとられているうちに捕虜の周りの囲みがとけた。せっかく助かったのに無人ロボットに殺されたら目もあてられないと思ったのだろう。

「止められないのか！」

「法律をか？」

信士くんが問い合わせに言い返した。不満は残ったが暴力はやんだ。信士くんは参ったなあという顔をしている。

私はまめたんへの音声入力を切った。

「いいと思うよ。信士くん」

「試作機の印象悪くしたかな」

「そんなこと言ってられない状況だから」

自衛官が捕虜を殺したら法律上はどうなるんだっけ。私はちらりと考える。知識にはなにもない。すぐに思考を切り替えて、脚二本を喪失した一機とカメラが壊れた一機を残して建物の外に出した。

迫撃砲は止んでいた。撤収したのか弾がつきたのか。時間を見る。起動から二八分。味方の増援がいつくるのか分からないが、敵に時間的猶予がそうあるとは思えない。

私は一息ついた。色々あったが、恐らくは生き延びた。信士くんも無事だ。何よりそれが嬉しい。一息ついたところで、呼吸がずっと止まっていたような錯覚に陥る。真新しい建物の匂いがする空気なのにおいしく感じる。頬が熱い。もうこんな怖いことはやりたくない。

横に座っている信士くんを見る。考えている。彼にとって現状は、まだ終わってないようだった。

「もっと広く様子を見たい」

信士くんはそう言った。建物の中以外で、この五分交戦は起きていない。まめたんは敵を見つけることが出来ずに高速で富士学校内を走っている。

私はまめたんに指示を出してパノラマ映像を作成させた。残地斥候《せっこう》や警戒用に装備された機能だ。まめたんがカメラを右から左に振りながら撮影を行い、横に長い静止画像を作成してこっちに送ってくる。

信士くんは指でタブレット端末に表示された静止画をスクロールさせながら富士学校の様子を見ている。敵影のようなものは見られない。

「敵、逃げたのかもね」

「捜索範囲を広げたいけど、出来るかい」

私は頷いてその通りまめたんに指示した。まめたんは道路交通法上の規定に従って前後にウインカーとライト、ナンバープレートを装備している。車輪が付いていると、とにかく国土交通省がチャチャをいれてくるというので、富士学校に送られてきた全てのまめたんにもナンバーはついていた。開発陣からは、格好悪いと大不評だった。

まめたん一〇機が、時速六〇㎞で公道を走り始めている。電池がいきなり減り始めて少し焦った。脚を伸ばし、向きを変え、事情も何も分からず走っている車を左右から追い抜いていく。

敵が徒歩で逃げたとして、仮に時速一〇㎞で一五分走ったとしても三㎞は走っていない。時速二〇㎞でも五㎞というところだ。まめたんの速度なら敵の一五分の時間優位をひっくり返して追いつくことは可能だ。

敵の移動速度から捜索範囲を円で表示する。逃げた敵が富士学校の近くにとどまることはないから捜索範囲はドーナツのような二つの円の間だけということとなる。道路やそれに類したところは人目につくから敵は通らないだろう。そうなると範囲がさらに狭くなる。

私は捜索範囲を入力しようとして手をとめた。違う、もっと最適なアルゴリズムがある気がする。敵は永遠に徒歩で逃げるわけがない。封鎖線を張られる可能性があるからだ。

だとすればある程度離れてから車に乗って逃走という線が一番ありうる。

先ほどとは逆に道路を中心に捜索範囲をしぼり、乗降する現場を押さえようとまめたんに指示した。五機ずつに分かれて道を走らせた。

まめたんがそれらしい車を見つける。武器を持った男達が乗っている。音声ガイダンスによる警告を出しながら接近する。車からいきなり発砲される。五機のまめたんは踊るように回避機動して攻撃を避けた。即座に反撃して車を蜂の巣にする。車の中から出てきた敵を射殺する。

ライブ映像を見ながら、射殺現場に見覚えがあると思った。私が以前Tに襲撃された場所だった。奇妙な一致だと思いながら、ロボットが人を殺すということを考える。そんなことを考えられるのは、きっと余裕があるからだろう。

別のまめたん分隊が敵を見つける。投降せずに今度も敵は攻撃してくる。なぜだろう。敵は車で走りながらロケット砲を撃った。最初から命中など期待していない撃ち方だった。まめたんたちは左右に回避して射撃開始。またも車を蜂の巣にする。

「なんで敵は攻撃してくるんだろう」

思わず出た独り言は信士くんに聞かれていた。信士くんは笑いもせずに、また意味を取り違えもせずに少し考えて口を開いた。

「たぶん相手がロボットだからだ」

「ロボットだから攻撃するの?」

「良心が痛まない」

簡潔かつ分かりやすい解説だった。人間は人間を攻撃するのをためらうときがある。でもロボット相手ではそれがない。良心の呵責《かしやく》なく、遠慮しないでいい敵、ロボット。

「人間がついて行った方が、投降者は増えたかな」

そう言うと、信士くんは私の頭を撫でた。小さい子のように。

「時速六〇㎞で敵のロケット砲を避ける芸当は人間にはできない。投降以前の話だったと思うよ」

「うん」

信士くんは、優しい。でも気分は晴れない。身の危険が遠ざかった今、私の作ったロボットが人を多数殺害している事実がじわじわと私の中を侵食してくる。今後、何も考えずに研究に打ち込めるんだろうか。

救援はどこまで来ているんだろう。私は開発モードのまま走っていた一〇式戦車を思い出した。見れば道の上で動いている形跡がない。ログを見ると一〇分ほど動いていなかった。信士くんに伝える。

「渋滞か足止めか。足止めかな。交通事故がいくつかおきれば、動くに動けなくなる」

道路以外を通る手もあるが、おそらく自衛隊はそれが出来ない。緊急事態として政府の出動命令が出ない限り、じゃまな車の排除や私有地などへ侵入しての迂回などは出来ないはずだった。

まあでも、大丈夫だ。もう大丈夫。

そう思った瞬間に大きな爆発が起きた。信士くんと顔を見合わせる。

タブレットを見る。まめたん各機のステータスに異常はない。敷地外の一〇機にも異常はない。

信士くんが格納庫のドアの隙間から外を見ている。ちらりと見える大きな黒煙。

「弾薬庫？」

私は捕虜の監視をしている損傷を受けたまめたん二機のうち、カメラが無事の一機を使って窓越しに視察させた。カメラアームを伸ばして一対のカメラを振るまめたん。

「九〇式が一輛動いている」

私はライブカメラを見ながらそう言った。九〇式戦車は一〇式戦車が配備される前に作られていた戦車だ。性能的に申し分はなかったし、重量も他国より軽めに作られていたがそれでも重量過大のため、本州では使われなかった。富士学校には戦車乗員の教育という任務上、例外的に九〇式の教育用模擬操縦装置（シミュレーション機器）の他、訓練用に何輛かおいてあった。

「九〇式が無差別に攻撃を加えている模様」

「敵が乗っ取ったのか」

「分からない」

敵はまめたんの目を逃れて息を殺し、動くタイミングを待っていたのか。そもそもなんで弾薬庫防御にまめたんを回さなかったのか。自分の浅はかさに打ちのめされた。私も信士くんも軍事技術についてはともかく、指揮に関しては素人だった。それが裏目にでた格好だった。人間相手に優位に立てたことから、追い回すのに夢中になっている。

「とりあえずまめたんを呼び戻そう」

「まめたんじゃ戦車に勝てないよ!」

「分かっている」

信士くんも苦い顔をしている。私を見て、口を開いた。

「すまない。僕のミスだ」

「私も同じだから」

僅か一輛で大逆転。そんなことを思いながら慌ててまめたんを呼び戻す。到着までに一〇分はかかる。電池容量には余裕があるので、法定速度によらない速度を出す。試験台上では時速八〇kmまで出たところで試験を打ち切った経緯がある。そんなに高速に移動しても実用上の意味はないからだ。自衛隊の戦闘車輛の多くが同じようにおざなりな最高速度計測をされていた。

「どうしよう」

「どうしようもない。基本的には、息を潜めて隠れる」

私はうなずいた。妥当な判断だと思った。例の一〇式戦車の状況を見る。ゆるやかに動き出してはいるが、いつここに着くのかは読めない。開発モードになっているこの戦車だけが電子的に見えているだけで、おそらくそれ以外にも動いているのはいるだろうから、数的優勢は得られるだろう。基本的にはこれらの到着まで待つ、しかない。

息を潜めて一方的に射撃されるというのは気持ち的にたまらないものがある。

私は信士くんの腕を摑んだ。信士くんが私を抱き寄せた。

「これが終わったら僕がやりたかったことをするよ」

息が止まる。信士くんの顔を見る。別れ話かもしれない。

「それはあの、私にとって良いことでしょうか」

「そこは自信持っていいところじゃないか、普通」

そんなことを言われても、困る。どんなに仲が良くても不安なのは不安だ。この人は急に消える時があるし、何ヶ月も会わないでも特に問題ないと考えているところだってある。

「いや、自信じゃなくて信用だな。僕を信用してくれ」

「信用ですか……」

私が言うと、彼は派手に傾いた。私は袖を引っ張って傾きを補正した。

「まあその、過去色々あったのは認める。いや、今もか。情報漏洩のことばかり考えて、まめたんの配置を間違えた。しかし」

「そんなことは関係なく。そもそも、今言ってもいいのでは」

「不謹慎だからやめておく」

信士くんは時々妙なところで頑固だ。私は信士くんの袖を引っ張りながら、専業主婦もいいなと考える。戦争がはじまってまめたんはこれから運用試験が本格化する。そんな状況で実際辞められるかどうかはさておき、毎日信士くんの相手だけするのはとてもいい気がした。最近は料理だって嫌いではない。

遠くで拡声器かなにかを通じた小さな声が漏れ聞こえてくる。誰かが投降を呼びかけているのかもしれない。そう思っていたら聞こえてきたのは私の名前でびっくりした。

なんで私。そう思いながら耳を傾ける。間違いない。藤崎綾乃、出てこいと言っている。声を出しているのは、おそらく九〇式だった。九〇式に拡声器は積んでいないはずだから、どこからか手に入れたか、最初から手にしていたことになる。

よく分からないが怖い。信士くんが私を引き寄せて、それで少し冷静になった。この場で息を殺す限り、後は運任せのはずだ。

「なんで私なんだろう」

そう呟いたら、信士くんは目を上にやった。考えている。ゆっくり口を開く。

「君が有名人になったという話はない」

「べつになりたいわけでは」

「頭はいいが、出世コースに乗っているわけでもない」

「喧嘩したいの?」

「いや、だから。この声は、身近なものだ」

「身近なテロリストなんかいません」

「なりそうなやつはいたかもしれない。Tとか」

言われてもう一度がなり立てる声を聞く。Tの声、そんな気もするが正確には分からない。私は彼のことを遠く記憶の彼方にやってしまっていた。せいぜい転びかけた路傍の石、というところ。

「襲ってきたのは外国じゃなかったんですか」

「外国だよ。間違いない」

確信を持って言ったのは、きっと根拠があるのだろう。前職で得た知識だろうか。

「外国がTを使っているんですか」

「多分。時間稼ぎの捨て駒、逃走時間を稼ぐために、飼っていた日本人を使っているんだと思う。TK90を使っているのは元自衛官だと思う」

TK90とは九〇式戦車のこと。私は想像力を働かせる。

TK90は三人乗り。指揮を執る車長、操縦者、砲手。Tはそのうちの一人になる。Tの前歴を詳しく知っているわけではないが、戦車の開発はやっていなかったように思える。

もちろん戦車兵だったということもない。それでも戦車に乗っているということは退官後に訓練を受けたんだろうか。それにしても本格的な訓練は受けていないだろう。だとすれば砲手ではない。操縦者でもないだろう。拡声器を使いながら操縦はできない。Tは車長だろう。富士学校の内部には詳しいからそれで指揮を執っているに違いない。

それにしても時間稼ぎの捨て駒はいいが、敵の作戦は失敗に終わったのではないか。タイミングがずれて捨て駒が兵器を奪って出てきた時には何もかも遅い状況になっている。少なくとも敵の脱出の役には立っていない。ただそのお陰でまめたんは出払っていて、大ピンチと。

敵も、私達も。恐らくは錯誤を重ねている。これが実戦というものか。

いや、どうせまめたんがいても九〇式戦車には勝てない。今回の運用試験では対戦車装備を持ってきていない。一〇機のまめたんがいても一輌の九〇式を破壊することも止めることも出来ないだろう。だからと言って状況が変わるわけでもないが。

なんでこんな目に合わなければいけないのよ、とため息が出そうになる。ため息を途中で止めた。隣を見る。信士くんは上を見ながら黙ってじっとしている。ため息をつくと幸運を逃してしまうのではなかったか。今は人一倍幸運が必要な時だ。彼の分と私の分。二人分幸運がいる。

本当にTが相手なのかどうかはともかく、誰かに不幸せにされてたまるかと思う。幸せになってやる。幸せがどんなものか分からないけれど。少なくともここで死ぬことじゃない。

研究だ。研究してやる。この状況を終わらせる研究をしてやる。私はこっそり立ち上がり、関数電卓とノートを手に取った。現実逃避も拾い直したつもり。慌てて彼の元に戻る。信士くんは呆れたようだが、直後に少し笑った。その表情は勉強ばかりしていた私を許していた両親に似ていて、それが少し嬉しかった。

九〇式戦車が近づいて来るのが音でわかる。エンジン音と履帯のきしむ音がする。格納庫に戦車砲を撃たれたら死んじゃうかなと思いながら、私は黙った。扉から顔も出さず、ただ隠れるのだけが最善手だ。信士くんもそうしている。

いや、本当にそうだろうか。

私と彼と負傷者だけの空っぽの格納庫を見る。目線を下に落とす。

まあでも、ノートはある。ペンも。昔の人はこれで世界の半分を火の海にするような作戦を考えていたものだ。

それに今はタブレット端末もある。まめたんもいる。関数電卓だって私のやつは教科書やノートの数式をそのまま入力出来る。科学は着実に進歩して私達に無限の恩恵を与え続けている。昔世界の半分を火の海に出来たのなら、今戦車一輌くらいはどうにかできるのではないか。ノートに戦力になりそうなものを列挙しながら考える。

少なくとも私は頭が良い。頭だけはいい。できるかどうかは関係なく、使える物を使わないのはもったいない。黙っていることと考えながら黙っていることに表面上の大差はないのだ。

黙ってじっとしているというとりあえずの回答以外は全部霧の中だ。霧の中を歩くのは楽しい。私は現実をまともに見られない眼鏡の三〇女だったから、霧の中を歩くのは誰よりも誰よりも得意なはずだ。

私が動かせる最大の戦力はまめたんだ。次は私自身だ。怪我人は使えない。信士くんも使いたくはない。ここまでは確定している。

まめたんと私を使って戦車を破壊する。いや、戦車を破壊する必要はないかもしれない。単に無力化すればいい。それも永遠ではない。援軍が来るまでの時間。それだけだ。

私は富士学校まで到着したまめたん一〇機を使って九〇式戦車の周囲を囲むように移動させた。一機ずつ囮《おとり》にして時間は稼げないだろうか。

近くで爆発音。耳が痛い。続いて鉄がきしんで折れ曲がる音が幾つも重なる。ノートのページをめくる。

「ここじゃないかぁ。藤崎ぃ、綾乃はどこだぁ」

あの音は降下塔だろう。だとすれば次は格納庫が狙われる可能性が高い。私は九〇式を無人化しても重量があまり変わらないことを思い出した。乗員は三人だった。

私は顔をあげた。信士くんを見る。

「信士くん……私を信じることができますか」

「信じる」

信士くんは間髪入れずに言った。今まで何度も私を泣かせた割に、完全な回答だった。

私は少し微笑んだ。Ｉイルミネーターを外してケーブルをタブレット端末から取り外す。

まめたんを完全自動制御に。

「だったら私は自分の頭の良さに賭けてみるわ。じっとしていてください」

私は倉庫の扉を両手で引っ張った。姿を見せる。思ったよりずっと近くに九〇式がある。

「私はここにいるわ」

格納庫から離れすぎずにそう言った。格納庫から離れすぎると、威嚇や怖がらせるために格納庫が狙われる可能性がある。

マイクを使ってまめたんから声を出すことも考えたが、それもやめた。増援がどのタイミングでくるか分からない以上、まめたんを一機づつ囮にしても稼げる時間は少なく、周辺被害は増える一方になる。

私はノートの間にタブレット端末を挟んで計算機と一緒に抱いたまま九〇式戦車を見た。このノートは私の手持ちの中でもっとも有効な装甲のはずだった。

待つこと一分。砲塔のハッチから人が上半身を出した。Ｔだった。無精髭《ひげ》を生やして、眼光は鋭いが、ひどく抑揚を欠いていた。

「お前が最初から出てこないからあっちこっち壊したじゃないか」

「なんでこんなことを」

「お前のせいで全部なくしたからだ。仕事も、妻も、子供もだ。あんなに情報流してやったのに中国まで俺を捨てた。俺を買ってやるという国を探すのに随分苦労した。それに引き替え、お前は、お前は新兵器開発の中心人物になったとか。おかしいじゃないか。おかしいだろ。だから俺が不正を正してやるんだ」

不正はともかく、既婚だったのか。私はそっちの方がびっくりだった。

「だんまりか」

戦車よりもTの目つきの方が怖い。

「何か言え！」

次の瞬間Tの頭が爆《は》ぜた。音がした瞬間、私は頭を下げて震えた。戦車が動き出している。撃ったのは七〇〇m以上離れた建物の中にいたカメラの壊れたまめたんだった。M2重機関銃で狙撃している。カメラが破壊されても他のまめたんが視界を貸して正確に射撃したのだった。

九〇式の乗員は三人しかいない。一人欠ければまともな戦闘動作はすぐに難しくなる。依然、砲も機銃も撃てるし動き回ることも出来るが、車長が欠けた今、土地勘もなく彷徨《さまよ》うことになるだろう。

動かなくなったTをぶら下げるようにして遠ざかっていく戦車を見る。まめたんは躊躇なく射撃できても女で非武装の私は攻撃出来なかったらしい。ノートはこの局面で無力感の象徴になりえる。だから攻撃されない。ノートが一番有効な装甲である理由だった。

まめたんが出て行ってもTは顔を出さなかったろう。私だから顔を出した。今後はこの違い……ロボット相手だと戦い方や兵士の心理が変わる点について、より研究されていくに違いない。ロボットが戦場に出るのは、もうSFの話ではない。

座り込んでいると信士くんが歩いてきた。私を見下ろした後、手を出した。

「君は誰よりも男らしい」

「別に女でいいです。信士くんが男好きとかでなければ」

「それについては安心していい」

私は引っ張り上げてもらって立ち上がった。腰が抜けていた。

Tを撃たせたことが最善だったのかどうか分からない。いや、射撃命令は出していないから撃たせたというのは正しくないかもしれない。でも、こうなるだろうと想定していたのは確かだ。自分で思っている以上に、自分はずっと残酷なんだなと思った。良心が痛まない。これもロボットのせいだろうか。

爆発の音。Tをぶら下げた九〇式戦車が、横合いから砲弾を受けて動かなくなっている。

一発必中の妙技だったが、どこから撃ったのか分からない。むしろいたのなら早く撃って欲しかった。そうしてくれれば別に私は顔を出さなくてもよかったはずだ。

九〇式戦車を破壊したのはどこの誰だろうとタブレット端末を見る。地図とまめたんからのライブ映像を突きあわせて調べる。

射撃したのはＲｅＣｓ２を開発モードのまま走らせていた一〇式戦車で、距離は二㎞ほどもあった。直接見えない距離から射撃していた。まめたんがまめたん同士でリンクするように一〇式戦車とデータリンクして火力支援を要請、まめたん達が送った情報を元に戦車側が射撃パラメーターを修正して射撃したのだった。私の下手な作戦より余程スマートで正確な動作だった。

半分口をあけている間に一機のまめたんがすれ違って行った。負傷者を引きずってどこかに行こうとしている。タブレット端末を見れば医療室へ負傷者を運ぼうとしていた。動ける全てのまめたんが救助活動に切り替えている。

信士くんが端末を横目で見た後、小さく首を振った。

「完全自動の方が優秀で人間的だな」

それは私も、そう思った。

この日、攻撃を行ったのは韓国軍だった。アメリカ基地を攻撃せずに日本を攻撃した理由はよく分からないとされたが、あの時韓国政府は将来がどうなるか、どこよりも分かっていたのかもしれない。

アメリカ軍は攻撃の手を休めず即座に韓国を占領した後、新民主政府を成立させた。中国政府は北朝鮮と組んで南下を開始した。戦争のはじまりだった。日本は集団的自衛権を行使し、新生韓国政府の治安維持のためにまめたんを新生政府に大量供与しはじめた。まめたんは結果としてもっとも多くの朝鮮半島の人々を殺す兵器になった。

新生韓国政府は中国、北朝鮮との戦いにおいてもまめたんを大規模活用し、アメリカはまめたんを手直ししたものを、陸軍の装備として正式採用した。

大量の難民が日本に流れ込み、治安悪化や政情不安が吹き出すなか、まめたんは警備任務にまわされた。街角にまめたんが立つのは珍しくなくなり、風景の中に溶け込み始めた。

一人っ子政策のせいか戦争で受けた人的被害で屋台骨が揺らぎ、分裂の危機にある中国がどこかで見たようなコピー品のロボットを戦争に投入した夏、多くの小学生が夏休みの宿題の写生でまめたんを含んだ街の風景を描いていた頃に、私は仕事を辞めて専業主婦になった。深い理由は何もない。妊娠していただけだ。

信士くんも仕事を辞めた。二人して無職はどうかと思ったが、彼は残業が少ない仕事を選びたいと言って譲らなかった。心配したが如才なく、彼はあっさり新しい仕事についた。

作家だった。

「結婚するのが遅かったから、残る時間はずっと一緒にいたいじゃないか」

旦那様がそう言っている。私はまめたんの表面にそっくりになった自分のお腹を撫でながら、子供が生まれて少し経ったら再就職しようかと思っていることを口にしそびれた。

まあ、タイミングをはかればいいかな。本を読んで母に聞く限り、子育てというものはとても大変らしい。だったらロボットにさせたらどうだろうと考えている。人を死なせる方はもうやったので、次は生まれる方をやってみるつもり。

この子が生まれて大きくなったとき、どれくらいこの子の仕事が減っているのか楽しみだ。私は重いと言いながら立ち上がって、掃除機を持った。書斎ではなく居間でノートパソコンとにらめっこしていた旦那様が慌てて寄ってくる。私が困るとすぐに現れるのは昔も今も同じだった。

私は彼に抱きついて掃除の邪魔に専念する。それ以上は考えない。

あとがき

今回のあとがきはネタバレを含みます。あとがきから読む人は注意してください。

早川書房では二冊目の本になります。芝村です。

今回は自衛隊でロボットものです。といってもあまりリアルではありません。リアルに振りすぎると主人公の地味娘さんがまったく活躍できませんし、自衛官が優秀すぎて敵の活躍の場がありません（兵器を奪うことがそも無理です）。ロボットも画像認識や機動性的にしょんぼりな性能になるのでそこはそれ、フィクションということで誇張したり、組織をいじったり、残念なように書いております（ですからこの本に資料性はありません。この本で得た知識を振りかざさないようにしてください）。

舞台を富士学校にしたのは富士山を出したかったからです。富士駐屯地は富士が見えないので強引に舞台設定しております。

強引といえば沢庵の缶詰は私の実体験です。思わず書いてしまいました。

今回二回ほど最初から書き直しまして時間進行が大変でした。大変なだけで作業は取材含めて大変楽しいものでしたが、取材について言うとお話を伺ったり見学させてもらっておきながら話の構成上盛り込むことが出来なかったことが多々あったのが残念です。関係者には申し訳ない。

小説というものは手間を掛ければ掛けた分面白くなるものでして、読んでもらった感想を元に直すことを最近はよくやっています。独りよがりにならないように今後とも頑張りたいものです。

ちなみに原稿修正ですが、一回目はリアルすぎて地味、面白くないと親戚に言われ、では、とエンタメ路線で書き直したところ、エンディングが気持ち良くないというのと自衛官の回顧録風表現が小説的に下手な人の文章に見えるという複数の指摘を受けて直しました。せっかく元自衛官六〇〇人もの文章を元にそれらしく書いてみたのに残念でした。元自衛官の文章では、このとき気づいたのですが、彼らは攻撃を受けた。被弾した。ここでこう考えたと、かなり厳格で淡々とした記述がなされます。ドイツやアメリカの元軍人の書いたものも同じような感じですので世界共通なのかもしれません。

早川書房で書くと毎回エンディングが一稿と二稿でまったく変わるという状況に陥って

います。もちろんこれは出版社や担当編集さまのせいではなく、最善をつくした結果です。でもまあ、次は一致するようにしたいですね。最初の段階からある程度正解に近いものを出したいです。

今回海外情勢については各国の想定する軍事シナリオを元に組み合わせて作りました。言うまでもないことですがどこの国が悪いということはありません。例えば作中では、中国は可能な限り朝鮮半島で軍事的緊張が高まらないよう配慮した挙句にあんなことになっています。ボタンをかけ違うと現代でも簡単に戦争は起きるなあと軍事シナリオを読んで思いました。

最後になりますが今回も色々な人に助けられ、今後とも助けられてこの本は世に出て行くと思います。担当編集者さん、イラストレーターさん、デザイナーさん、校正さん、帯の推薦文を引き受けていただいた鈴木貴昭さん本当にありがとうございます。営業さんや書店員の皆様、読者さんにはこれからお世話になります。どうぞ、よろしくお願いします。

二〇一三年一〇月八日　自宅にて

本書は書き下ろし作品です。

小川一水作品

第六大陸 1

二〇二五年、御鳥羽総建が受注したのは、工期十年、予算千五百億での月基地建設だった

第六大陸 2

国際条約の障壁、衛星軌道上の大事故により危機に瀕した計画の命運は……。二部作完結

復活の地 I

惑星帝国レンカを襲った巨大災害。絶望の中帝都復興を目指す青年官僚と王女だったが…

復活の地 II

復興院総裁セイオと摂政スミルの前に、植民地の叛乱と列強諸国の干渉がたちふさがる。

復活の地 III

迫りくる二次災害と国家転覆の大難に、セイオとスミルが下した決断とは？　全三巻完結

小川一水作品

老ヴォールの惑星
SFマガジン読者賞受賞の表題作、星雲賞受賞の「漂った男」など、全四篇収録の作品集

時砂の王
時間線を遡行し人類の殲滅を狙う謎の存在。撤退戦の末、男は三世紀の倭国に辿りつく。

フリーランチの時代
あっけなさすぎるファーストコンタクトから宇宙開発時代ニートの日常まで、全五篇収録

天涯の砦
大事故により真空を漂流するステーション。気密区画の生存者を待つ苛酷な運命とは？

青い星まで飛んでいけ
閉塞感を抱く少年少女の冒険から、人類の希望を受け継ぐ宇宙船の旅路まで、全六篇収録

ハヤカワ文庫

野尻抱介作品

太陽の簒《さん》奪《だつ》者《しゃ》

太陽をとりまくリングは人類滅亡の予兆か？星雲賞を受賞した新世紀ハードSFの金字塔

沈黙のフライバイ

名作『太陽の簒奪者』の原点ともいえる表題作ほか、野尻宇宙SFの真髄五篇を収録する

南極点のピアピア動画

「ニコニコ動画」と「初音ミク」と宇宙開発の清く正しい未来を描く星雲賞受賞の傑作。

ヴェイスの盲点

ロイド、マージ、メイ――宇宙の運び屋ミリガン運送の活躍を描く、〈クレギオン〉開幕

フェイダーリンクの鯨

太陽化計画が進行するガス惑星。ロイドらはそのリング上で定住者のコロニーに遭遇する

ハヤカワ文庫

野尻抱介作品

アンクスの海賊

無数の彗星が飛び交うアンクス星系を訪れたミリガン運送の三人に、宇宙海賊の罠が迫る

サリバン家のお引越し

メイの現場責任者としての初仕事は、とある三人家族のコロニーへの引越しだったが……

タリファの子守歌

ミリガン運送が向かった辺境の惑星タリファには、マージの追憶を揺らす人物がいた……

アフナスの貴石

ロイドが失踪した！　途方に暮れるマージとメイに残された手がかりは〝生きた宝石〟？

ベクフットの虜

危険な業務が続くメイを両親が訪ねてくる⁉　しかも次の目的地は戒厳令下の惑星だった‼

次世代型作家のリアル・フィクション

マルドゥック・スクランブル
The 1st Compression――圧縮〔完全版〕
冲方 丁
自らの存在証明を賭けて、少女バロットとネズミ型万能兵器ウフコックの闘いが始まる。

マルドゥック・スクランブル
The 2nd Combustion――燃焼〔完全版〕
冲方 丁
ボイルドの圧倒的暴力に敗北し、ウフコックと乖離したバロットは〝楽園〟に向かう……

マルドゥック・スクランブル
The 3rd Exhaust――排気〔完全版〕
冲方 丁
バロットはカードに、ウフコックは銃に全てを賭けた。喪失と安息、そして超克の完結篇

マルドゥック・ヴェロシティ 1〔新装版〕
冲方 丁
過去の罪に悩むボイルドとネズミ型兵器ウフコック。その魂の訣別までを描く続篇開幕!

マルドゥック・ヴェロシティ 2〔新装版〕
冲方 丁
都市政財界、法曹界までを巻きこむ巨大な陰謀のなか、ボイルドを待ち受ける凄絶な運命

次世代型作家のリアル・フィクション

マルドゥック・ヴェロシティ3〔新装版〕
冲方　丁

都市の陰で暗躍するオクトーバー一族との戦いに、ボイルドは虚無へと失墜していく……

スラムオンライン
桜坂　洋

最強の格闘家になるか？　現実世界の彼女を選ぶか？　ポリゴンとテクスチャの青春小説

ブルースカイ
桜庭一樹

あたし、せかいと繋がってる――少女を描き続ける直木賞作家の初期傑作、新装版で登場

サマー／タイム／トラベラー1
新城カズマ

あの夏、彼女は未来を待っていた――時間改変も並行宇宙もない、ありきたりの青春小説

サマー／タイム／トラベラー2
新城カズマ

夏の終わり、未来は彼女を見つけた――宇宙戦争も銀河帝国もない、完璧な空想科学小説

星界の紋章／森岡浩之

星界の紋章Ⅰ—帝国の王女—

銀河を支配する種族アーヴの侵略がジントの運命を変えた。新世代スペースオペラ開幕！

星界の紋章Ⅱ—ささやかな戦い—

ジントはアーヴ帝国の王女ラフィールと出会う。それは少年と王女の冒険の始まりだった

星界の紋章Ⅲ—異郷への帰還—

不時着した惑星から王女を連れて脱出を図るジント。痛快スペースオペラ、堂々の完結！

星界の断章Ⅰ

ラフィール誕生にまつわる秘話、スポール幼少時の伝説など、星界の逸話12篇を収録。

星界の断章Ⅱ

本篇では語られざるアーヴの歴史の暗部に迫る、書き下ろし「墨守」を含む全12篇収録。

星界の戦旗／森岡浩之

星界の戦旗Ⅰ―絆のかたち―

アーヴ帝国と〈人類統合体〉の激突は、宇宙規模の戦闘へ！『星界の紋章』の続篇開幕。

星界の戦旗Ⅱ―守るべきもの―

人類統合体を制圧せよ！ ラフィールはジントとともに、惑星ロブナスⅡに向かったが。

星界の戦旗Ⅲ―家族の食卓―

王女ラフィールと共に、生まれ故郷の惑星マーティンへ向かったジントの驚くべき冒険！

星界の戦旗Ⅳ―軋《きし》む時空―

軍へ復帰したラフィールとジント。ふたりが乗り組む襲撃艦が目指す、次なる戦場とは？

星界の戦旗Ⅴ―宿命の調べ―

戦闘は激化の一途をたどり、ラフィールたちに、過酷な運命を突きつける。第一部完結！

ハヤカワ文庫

ハーモニー

伊藤計劃

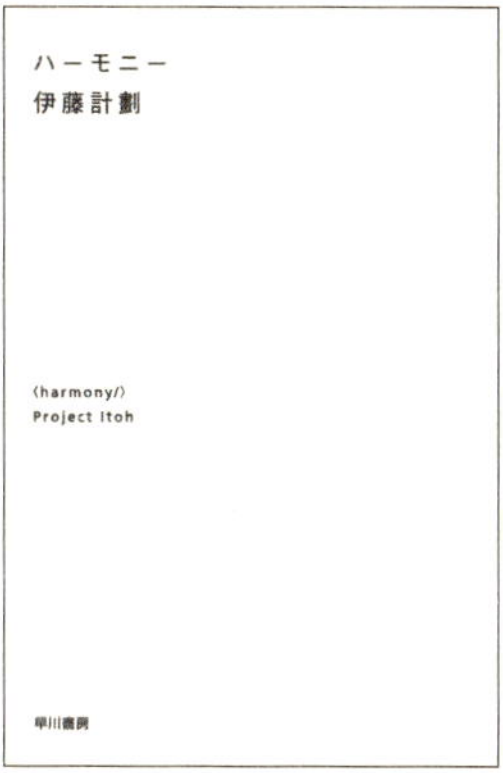
ハーモニー
伊藤計劃
〈harmony/〉
Project Itoh
早川書房

二一世紀後半、人類は大規模な福祉厚生社会を築きあげていた。医療分子の発達により病気がほぼ放逐され、見せかけの優しさや倫理が横溢する〝ユートピア〟。そんな社会に倦んだ三人の少女は餓死することを選択した——それから十三年。死ねなかった少女・霧慧トァンは、世界を襲う大混乱の陰に、ただひとり死んだはずの少女の影を見る——『虐殺器官』の著者が描く、ユートピアの臨界点。

ハヤカワ文庫

著者略歴　ゲームデザイナー，漫画原作者，作家　著書『この空のまもり』（早川書房刊）〈マージナル・オペレーション〉シリーズ『ガン・ブラッド・デイズ』『キュビズム・ラブ』他多数

HM=Hayakawa Mystery
SF=Science Fiction
JA=Japanese Author
NV=Novel
NF=Nonfiction
FT=Fantasy

富士学校《ふじがつこう》まめたん研究分室《けんきゅうぶんしつ》

〈JA1132〉

二〇一三年十月二十日　印刷
二〇一三年十月二十五日　発行

（定価はカバーに表示してあります）

著者　芝《しば》村《むら》裕《ゆう》吏《り》
発行者　早川浩
印刷者　入澤誠一郎
発行所　株式会社早川書房
郵便番号　一〇一 - 〇〇四六
東京都千代田区神田多町二ノ二
電話　〇三 - 三二五二 - 三一一一（大代表）
振替　〇〇一六〇 - 三 - 四七七九九
http://www.hayakawa-online.co.jp

乱丁・落丁本は小社制作部宛お送り下さい。
送料小社負担にてお取りかえいたします。

印刷・星野精版印刷株式会社　製本・株式会社明光社

ISBN978-4-15-031132-2 C0193

本書は活字が大きく読みやすい〈トールサイズ〉です。